Mo Chroí
san Afraic

Víctor Mora

*Carl Mac Gabhann agus Tomás Mac Síomóin
a d'aistrigh*

 An Gúm
Baile Átha Cliath

1

'Céard a deir tú? Gur moirtéar 81 atá ann?' a bhéic Sivilles, trí thormán na n-inneall. Bhí greim daingean aige ar stiúir an Antonov, agus bhí an t-eitleán céanna ag imeacht chomh tapa is a bhí sí in ann. Bhí sí ar tí scaradh le stráice an tseanaerfoirt úd – nach mbíodh á úsáid anois ach ag mangairí gunnaí – i gcroílár dhufair na Sáíre.

D'fhreagair Jackson, a chomhphíolóta agus a chomhpháirtí, gur moirtéar 81 a bhí ann ceart go leor. Ba léir uaidh go raibh an-spórt ar fad á bhaint aige as an tsáinn ina raibh siad!

Phléasc an dara diúracán ar an aerstráice, níos gaire dóibh ná an chéad cheann a thit i bhfoisceacht fiche méadar den seaneitleán iompair ina raibh siad ag taisteal. B'eitleán í a bhí, tráth, ina ábhar mórtais ag teicneolaithe Sóivéadacha. Ní raibh ann anois ach seanfhothrach a raibh colm nó dhó fágtha ina chabhail ag Cogadh na hAfganastáine, d'ainneoin na n-iarrachtaí a rinneadh chun iad a cheilt. Chuir Sivilles caoi ar an eitleán seo ina cheardlann féin ach, dá ainneoin sin, bhí boladh dóiteáin le mothú

---

moirtéar *mortar* • tormán *rumbling noise* • daingean *firm*
Antonov *Russian-designed aeroplane* • mangairí *dealers* • diúracán *missile*
aerstráice *airstrip* • i bhfoisceacht *close to* • colm *scar*
ainneoin *notwithstanding*

istigh ann i gcónaí agus brioscarnach shíoraí ó chábla caite nó ó shreang éigin. B'in an fáth ar thug Jackson *Chitty-Chitty Bang-Bang* air.

Bhíodh Jackson ag magadh de shíor faoi Sivilles as seaneitleán dá leithéid a cheannach. Deireadh sé i gcónaí gur mhó an fonn a bhíodh ar Sivilles seaneitleáin a bhailiú ná aire cheart a thabhairt don aerlíne bheag a bhí bunaithe acu beirt, Aerlíne an Chairn. B'fhíor nár chosain sé mórán – traidhfil rúbal, b'in an méid – ach bhí carn mór airgid caite aige air ó shin. Agus, ar ndóigh, bhí an-taitneamh go deo bainte aige as an dúshlán: seaneitleán a chur ag eitilt arís.

Chas Sivilles thart. Bhreathnaigh sé ar feadh soicind ar an stócach a bhí suite taobh thiar díobh. Óganách seacht mbliana déag d'aois a bhí ann, é ard scafánta, gruaig ghearr dhonnrua air is súile glasa ina cheann. Bhí greim an fhir bháite ar a chrios slándála aige agus bhí a aghaidh chomh geal leis an sneachta.

'Cén chaoi a bhfuil tusa ansin, a Tónaí?'

'Uch, chomh maith agus a bhí mé riamh!' arsa an buachaill, meangadh lag ar a bhéal. Ach, ar a laghad ar bith, meangadh a bhí ann. Chas Jackson thart chomh maith. D'amharc sé go cairdiúil ar an stócach. Thuig Tónaí go cruinn céard a bhí ag tarlú ina thimpeall. Bhí eagla an domhain air. Ach throid sé ina choinne féin chun an ceann is fearr a fháil ar an eagla. Tar éis an tsaoil, níl leigheas ar bith eile ar an eagla. B'in an cleas a bhí ag Jackson féin. B'in é ba chúis leis an aghaidh shona shocair a bhíodh air i gcónaí agus é i bponc.

Deireadh an Meiriceánach ina bhéarlagair féin go

---

brioscarnach *crackling* • traidhfil rúbal *a few roubles* • stócach *a youth*
scafánta *vigorous* • crios slándála *safety belt* • meangadh *smile*
béarlagair *jargon*

raibh an *right stuff* sa stócach sin, an mianach ceart. Thaitin sé leis an chaoi ar réitigh siad beirt chomh maith sin lena chéile – agus na comhráite breátha a bhíodh eatarthu. Le déanaí bhí siad ag caint ar *Pylon* le William Faulkner, leabhar a thug Jackson ar iasacht don stócach. Saol na bpíolótaí an téama a bhí á phlé sa leabhar. Ó am go chéile bhídís ag labhairt go háiféiseach ar a mbeadh i ndán dóibh dá n-éireoidís as na cógais a bhí orthu a ghlacadh mar chosaint in aghaidh aicídí teochreasacha.

Ach anois bhí súile Sivilles ar imeall na dufaire, ar an áit ar tháinig críoch thobann leis an aerstráice. Ní raibh sé ach trí chéad méadar ar éigean uaidh, agus é ag teannadh leis go han-tapa ar fad. Bhí an t-aerstráice féin dubh leis na poill a rinneadh nuair a ionsaíodh cheana é; macasamhail an ionsaí a bhí á dhéanamh orthu anois – nó níos measa fós b'fhéidir – agus bheadh air na poill sin a sheachaint.

Phléasc diúracán moirtéir eile gar don Antonov!

Chonaic Tónaí an scamall mór deannaigh a chruthaigh an phléasc. Chuala an cith trom de smidiríní stroighne ag clagairt go torannach anuas ar dhíon an eitleáin. Ach choinnigh an tAntonov ar aghaidh, ag géarú ar a luas i gcónaí.

'Nuair a bhíonn eagla ort, bí ag feadaíl nó ag crónán go ciúin duit féin,' an chomhairle a chuir a athair air agus é ina pháiste. A athair bocht! Bhí Tónaí in ann é a shamhlú an lá úd, beagnach bliain ó shin, nuair a bhí seisean agus a mháthair ar an mBoeing mhí-ádhúil úd a thuirling de thuairt. Dúradh go raibh a fhios ag na paisinéirí ar feadh breis agus deich nóiméad roimh ré go raibh an t-eitleán le tuairteáil ...

---

cógais *medicines* • aicídí teochreasacha *tropical diseases* • dufair *jungle*
deannach *dust* • cith *shower* • stroighin *cement* • clagairt *clattering*
crónán *humming* • tuairteáil *crash*

Rinne sé iarracht ar an smaoineamh míthaitneamhach úd a ruaigeadh as a intinn.

Ar dtús, tar éis na timpiste, ba nós leis a rá leis féin nár tharla faic agus go raibh a thuismitheoirí fós beo. Dhúisíodh sé agus é ag caoineadh. Ba chneá é sin nach leigheasfaí go luath, má bhí cneasú ar bith i ndán dó.

B'fhear gnó é athair Tónaí. Bhí sé tugtha do na seaneitleáin, dála Sivilles. Ba chairde iad. Agus ós rud é nach raibh aon ghaolta ag Tónaí ar theastaigh uaidh dul chun cónaithe leo, thug Sivilles cuireadh dó teacht agus cur faoi ina theannta. Agus, lena chois sin, a bheith mar chuid d'fhoireann Aerlíne an Chairn. Ag an am céanna d'fhéadfadh sé leanúint ar aghaidh lena chuid staidéir ríomhaireachta. Ghlac Tónaí go fonnmhar leis an tairiscint. Bhí meas nach beag aige ar Sivilles le fada. Ba dhuine é, dar leis, a raibh an-eachtraíocht ag baint le chuile ghné dá shaol.

Ba é an obair a bhí ag fear seo na heachtraíochta ná eitleáin a aimsiú agus a shlánú nuair a thuairtidís gan tuairisc. Uaireanta d'éiríodh leis iad a chur ag eitilt as an nua, sin nó an lastas a shlánú. B'obair dheacair dhainséarach í. Scaití, ba bheag spás a bhí aige le héirí den talamh, mullach iargúlta sléibhe abair. 'Cuireann seaneitleáin agus athbheochan seaneitleán as a mheabhair glan é,' a deireadh Jackson i gcónaí. 'Píosálann sé le chéile agus cuireann ag eitilt arís iad. Bíonn níos mó paistí ná bunpháirteanna á n-iompar acu. Is é Sivilles Frankenstein na n-eitleán!'

D'éirigh Jackson as a bheith ina phíolóta in aerfhórsa a thíre féin nuair a cuireadh iachall air Bagdad a bhuamáil le linn Chogadh na Murascaille.

cneá *wound* • cneasú *healing* • tairiscint *offer* • eachtraíocht *adventure*
lastas *cargo* • scaití *sometimes* • mullach iargúlta *remote peak*
athbheochan *revival* • Cogadh na Murascaille *Gulf War*

Bhí sé ag múineadh giotáir agus amhráin *country* do Tónaí na laethanta seo. Ach ba bheag seans go mbeidís ag seinm ar an ngiotár arís, ná ag gabháil *The Ballad of Sally Rose* le Emmylou Harris ach an oiread, mura n-éireodh leis an Antonov scaradh leis an aerstráice Sáíreach úd, a bhí faoi ionsaí anois ag an moirtéar 81, agus na spéartha gorma thuas a thabhairt air féin.

Ach cé leo ar bhain an moirtéar céanna? Le grúpa treallchogaithe? Le ropairí ar thóir creiche? Le saighdiúirí ceannairceacha ón Arm agus cogadh dá gcuid féin á fhearadh acu?

D'fhéadfadh aon cheann de na freagraí sin a bheith ceart i dtír atá suite i gcroí na hAfraice Meánchriosaí. Ba thír í a d'fhulaing córas coilíneach a bhí chuile phioc chomh brúidiúil agus ba dhual riamh dá leithéid a bheith. Ní raibh fágtha anois d'idéil saoirse agus neamhspleáchais mhuintir na Sáíre – an pobal úd de 20 milliún duine atá roinnte ina dhá chéad treibh, le breis agus 400 teanga á labhairt acu – ach deachtóireacht phlúchtach. Mar sin féin bhí cairde aici i réimsí idirnáisiúnta na polaitíochta agus an airgeadais. Agus bhí sí ar an bhfód anois le breis agus tríocha bliain.

Ba thír í a raibh neart acmhainní mianracha agus eile aici, copar, sinc, cóbalt, úráiniam, mangainéis, diamaint ... cadás, siúcra, caife, rubar, tae ... B'fhoinsí ollmhaitheasa iad seo uile nár dáileadh go cothrom riamh ar an bpobal, áfach. Agus anois ba bheag cuma a bhí ar an scéal go bhféadfadh pobail líonmhara na Sáíre tuilleadh aicídí, gorta agus éagóir shóisialta, a sheachaint.

---

ceannairceach *mutinous* • cogadh a fhearadh *to wage war* • coilíneach *colonial*
brúidiúil *brutal* • treibh *tribe* • deachtóireacht phlúchtach *oppressive dictatorship*
acmhainní mianracha *mineral resources*
b'fhoinsí ollmhaitheasa iad *they were sources of wealth*

Cibé cé hiad a bhí ag scaoileadh orthu, cén fáth a ndearna siad an t-ionsaí nuair a bhí siad díreach ar tí umar an Antonov – a bhí tar éis teacht ó Kinshasa – a líonadh le breosla?

Bheadh an breosla úd de dhíth orthu chun leanúint ar aghaidh agus a gceann scríbe a bhaint amach: an áit úd sa dufair, ar imeall Shléibhte Virunga, ina raibh cónaí ar na goraillí deireanacha a bhí fágtha ar domhan. An dualgas a bhí ar Sivilles ná dul ann agus eitleán tuairteáilte a aimsiú. Dá mbeadh an t-ádh ina chaipín, bheadh sé in ann tuirlingt faoi phráinn i seanaerfort ar bhruach locha, sa cheantar sin nach mbíodh ach smuigléirí diamant agus lucht póitseála ann. Is é a bheadh le déanamh ansin aige, an t-eitleán caillte a chóiriú agus a chur ag eitilt arís. Agus mura bhféadfadh sé é sin a dhéanamh, an lastas ar bord a aimsiú agus é a thabhairt ar ais slán.

Bhí an t-ionsaí ar an aerstráice faoi lánseol i gcónaí … Phléasc an tancaer peitril a bhí ag fanacht orthu cúpla nóiméad roimhe sin agus scaip an tine tríd an dufair mórthimpeall. Ar chuid de mhórphlean éigin é seo uile a bhí dírithe d'aon turas ar Sivilles agus ar a chomrádaithe, nó ar chomhtharlú amach is amach a bhí ann? Ba chríonna an té a déarfadh.

Bhíodh iarracht den rúndacht ag baint le Sivilles i gcónaí. Ní dúirt sé le haon duine riamh cén sórt lastais a bhí ar bord an eitleáin chaillte. Ach bhí a fhios ag Tónaí agus, cinnte le Dia, ag Jackson freisin gur ar 'ábhar luachmhar leictreonach' a labhair muintir an chomhlachta a rinne an obair seo a choimisiúnú.

Ba í Fanaí a sceith an t-eolas seo. Ógbhean Fhrancach a bhíodh páirteach tráth sa sorcas

---

umar *tank* • breosla *fuel* • ceann scríbe *destination* • smuigléirí *smugglers*
críonna *wise* • rúndacht *secrecy* • sceith *divulge*

eitleoireachta úd *Na hAingil* ba ea Fanaí. Ach bhí sí ag obair anois le hAerlíne Charn D'Olla.

Cuireadh deireadh leis *Na hAingil* i ngeall ar shraith de chleasa eitleoireachta ar éirigh go hainnis leo i spéartha na Catalóine. Tháinig Fanaí, agus cuireadh aici ó Sivilles, go hAerlíne Charn D'Olla chun obair an chomhlachta a chomhordú. Le fírinne, ní hamháin gur chomhordaigh sí cúrsaí an chomhlachta ach rialaigh sí iad chomh maith. Agus sin toisc nach raibh i Sivilles agus Jackson, mar a deireadh sí féin – mar leathmhagadh – ach 'beirt nach dtuigeann ar chor ar bith céard is smacht ann' agus 'tallann dhrámata ar leith a chuirfeadh éad ar lucht grinn na teilifíse' ag roinnt leis an mbeirt araon. 'Beirt fhuirseoirí' a bhí iontu nach raibh uathu ar an saol seo ach a bheith ag eitilt de shíor, dar le Fanaí. É sin nó a bheith ag féachaint le bheith ag suirí le hógbhean dhathúil éigin ...

' "Ábhar luachmhar leictreonach", sin a mhaígh Fanaí. Tá súil agam gur fíor di! Ach níor chuala mé trácht riamh ar an gcomhlacht Sasanach seo, Morrison Ltd. Tá súil agam nach dallamullóg atá curtha acu orainn agus nach lastas de ghunnaí smuigleáilte atá i gceist.'

Phléasc diúracán eile!

Faoin am seo bhain contúirt leis an gcaoi a raibh an tAntonov ag teannadh le himeall na dufaire. B'árthach chomh trom í go bhfacthas do Tónaí i gcónaí gur mhíorúilt é dá n-éireodh léi í féin a ardú aníos ón talamh ar chor ar bith. Ar ámharaí an tsaoil, ní raibh de lastas ar bord anois ach iad féin amháin! 'Céard a tharlóidh an lá a mbeadh sí líonta go béal?' a d'fhiafraíodh Tónaí de féin go minic.

---

tallann *talent* • suirí *courting* • maígh *declare*

'Go bhfóire Dia orainn, tá deireadh an aerstráice sroichte againn!' arsa Tónaí. Thiontaigh Jackson thart agus chaoch súil air.

'Tabhair aire duit féin, anois thar riamh! Is baolach nach n-éireoidh linn an iarraidh seo, a Tónaí!' arsa Jackson. Ón straois a leath go cluas air, cheapfá gurbh é an spórt ba ghreannmhaire ar domhan é.

Ach, faoi dheireadh, scar an tAntonov leis an aerstráice, gur tharraing go támáilte ar na scamaill thuas!

Tónaí bocht, ní raibh de dhánacht ann anáil a tharraingt fiú. Chuala sé rud éigin ag cuimilt in aghaidh bholg an eitleáin. Duilliúr nó craobhacha éigin a bhí ann! Níor mhaith leis cuimhneamh ar céard a tharlódh dá mbeidís cúpla orlach níos ísle!

Chas an tAntonov timpeall go hard os cionn an aerstráice. Ní raibh oiread is túr rialúcháin amháin le feiceáil ann. Bhí Tónaí in ann an colún tiubh deataigh a fheiceáil thíos uaidh, na fáinní dubha dorcha ag sní go mall aníos, iad chomh dlúth sin go gceapfá go bhféadfá breith orthu.

Phléasc tancaer peitril nuair a aimsíodh go beacht í le diúracán eile. Steall an peitreal amach ina chaor lasrach thar an sabhána agus thar an dufair máguaird. Ach ní leathnódh an dóiteán mórán, a bhuíochas sin le fásra borb na dufaire a bhí fliuch de shíor agus a bhí chomh tiubh sin gur beag de sholas na gréine a ligeadh sé isteach.

'Breathnaigh cé chomh tapa agus atá ár gcuid peitril á loisceadh thíos!' arsa Jackson. Ní foláir nó tá an chontúirt thart, a bhí Tónaí ag ceapadh, ó tharla nach spleodrach a bhí an Meiriceánach anois ach

---

támáilte *sluggish* • túr rialúcháin *control tower* • steall *splash*
caor lasrach *ball of flame* • fásra borb *lush vegetation* • spleodrach *high-spirited*

staidéartha go maith. 'Agus anois, céard a dhéanfaimid, a Phep?'

D'fhreagair Sivilles:

'Agus tusa ag spallaíocht, a Slim chóir, leis an mbanóstach rua úd de chuid aerlíne na Beilge, bhí do chomhghleacaí fadfhulangach – mise, mé féin – ag tabhairt breab fhlaithiúil do dhuine de na stiúrthóirí aeir – agus ní le hairgead na Sáíre é ach an oiread, ach le dollair Mheiriceá.'

'Ag caitheamh airgead an chomhlachta uait i gcónaí, ab ea!'

'Agus lena bhuíochas a léiriú, thaispeáin sé a dó nó a trí d'aerstráicí rúnda dom, ar a bhféadfaí tuirlingt, dá n-ídeofaí an peitreal orainn.'

Lig Tónaí osna mhór faoisimh.

Ba mhór an díol suntais é an chaoi ar thit an oíche chomh tapa sin sna réigiúin theo thaise seo. Anois díreach i ráithe an triomaigh, ach arís i ráithe na báistí móire, níor dhíol iontais é an dorchadas tobann seo, dá mb'fhíor do na scéalta a bhí cloiste aige. Ní raibh sé ach a sé a chlog tráthnóna agus, i bhfaiteadh na súl, bhí sé ina oíche. Ag féachaint dó ar a uaireadóir, arsa Tónaí leis féin, 'Na piollaí!' Bhí orthu slám piollaí a shlogadh go rialta má bhí fúthu fanacht slán ar a gcosa san Afraic.

Lean Sivilles leis:

'Ídeofar an 'sú' ar ball beag agus tá achar fada le dul fós againn. Is é sin le rá, a Slim chóir, thig leatsa díriú ar na haerstráicí a iarrfaidh mé ort a aimsiú ar an mapa. Ar eagla na heagla. Má bhíonn an t-ádh linn, ní bheidh siad clúdaithe go hiomlán ag an bhfásra fós.'

'Má bhíonn an t-ádh linn,' arsa Tónaí.

---

spallaíocht *flirting* • comhghleacaí fadfhulangach *long-suffering colleague*
breab *a bribe* • stiúrthóirí *controllers*

2

Le breacadh an lae, bhí trí Land Rover le feiceáil agus iad á dtiomáint ar chosán tríd an dufair. Ba chosán é a bhí ann leis na cianta. Eilifintí ag triall ar an Luabala, abhainn a thug uisce le hól dóibh, a rinne a chéaduair é.

Ba as Kinsangani, an chathair thábhachtach ar bhruach abhainn na Sáíre, a tháinig na jípeanna. Ag tarraingt ar an áit chéanna a bhí na jípeanna agus foireann Aerlíne Charn D'Olla.

Ní raibh ach beirt sa dara Land Rover: fear agus bean. An fear a bhí ag tiomáint. Ochtar paisinéirí a bhí i ngach ceann de na jípeanna eile, mar aon leis na tiománaithe. Fir a bhí iontu, agus cuma gharbh orthu uile. Ar a gcosúlacht thuigfí gur de thíortha agus de chiníocha éagsúla iad. Bhí chuile dhuine acu faoi arm – agus bhí oiread arm acu agus a thosódh cogadh. Bhí roinnt *kalashnikov,* gunnán, agus maiséad á n-iompar go feiceálach ag an meitheal ait seo. Ach ní taobh le hairm phearsanta amháin a bhí siad; bhí raidhfilí M-16 i gceann de na jípeanna chomh maith. Ní raibh easpa teilgeoirí gránáide ná ábhar pléascach ar an mbuíon seo ach an oiread.

---

meitheal *party (of men)* • teilgeoirí gránáide *grenade launchers* • buíon *gang*

Fear fuinniúil agus éadan dearg air a raibh an trí scór bainte amach aige ba ea tiománaí an dara jíp. Ní raibh ar bharr chloigeann an fhir seo ach ceithre ribe liath gruaige a bhí cíortha trasna na blaoisce aige chun a bhlagaid a cheilt. Sa chineál Béarla a labhraíonn Sasanaigh a mbíonn oideachas maith orthu, d'fhiafraigh sé den bhean a bhí in éineacht leis sa jíp:

'Cogar, a Laila, níor thángamar ar aon phatról airm fós, nó ar *rangers* na bPáirceanna Náisiúnta ach an oiread. Céard a dhéanfaimid má stoptar muid?'

'Céard is féidir linn a dhéanamh, a amadáin?' a d'fhreagair sise. Bean Eoráiseach thar a bheith dathúil a bhí inti, í tríocha bliain d'aois nó mar sin. 'Mhínigh mé an straitéis do na fir go léir nuair a thosaíomar ar an aistear seo. An é go raibh tú i do chodladh nó céard? Má stoptar muid agus mura nglactar lenár gcuid cáipéisí bréagacha – a deir gur ag triall ar Pháirc Náisiúnta Virunga atáimid le grianghraif a ghlacadh de na créatúir bhochta de ghoraillí deireanacha le haghaidh an *National Geographic Magazine ...* bhuel, mura gcreideann siad an scéal sin, beidh orainn iad a mharú.'

'Ceart. Agus seasann an chuid eile den phlean i gcónaí? Ar aghaidh linn go dtí an áit ar thuirling an t-eitleán faoi phráinn, agus fanfaimid ansin go dtiocfaidh eitleán na gcábóg sin a bhíonn sa tóir ar eitleáin chaillte?'

'Sin agat é, go díreach! Leanfaimidne an plean atá leagtha amach agam. Cén fáth nach leanfadh? Céard a bhí ar intinn agatsa? An bhfuil meath na seanaoise ag teacht ort, nó céard?'

'Ná bíodh fearg ort, a ghrá ...'

---

blaosc *skull* • Eoráiseach *Eurasian* • dathúil *attractive* • straitéis *strategy*
cáipéisí *documents* • cábóg *bumpkin* • meath *decline*

'Ná bí ag tabhairt 'a ghrá' ormsa. Ní maith liom seanfhir, go mór mór iad siúd a ligeann dá gcuid putóg mór dul in ainmhéid, ar do nós féin. Anuas air sin, is fuath liom iad siúd a dhéanann iarracht ar a mblagaid a cheilt trí na ribí scáinte gruaige a bhíonn fágtha acu a cheangal síos le blonag.'

Chuir fear na gnúise deirge cuma air féin ar shíl sé féin a bheith oiriúnach do dhuine a raibh drochíde, nár chóir d'aon duine cur suas leis, á fulaingt aige.

'A Laila Singh! Is maith atá a fhios agat go bhfuil cion an domhain agam ort. Sin an fáth a mbíonn tú chomh gránna sin liom.'

'Agus cé a d'iarr ortsa a bheith i ngrá liomsa, a David Pelham? An t-aon rud a iarraimse ortsa ná do chuid oibre a dhéanamh agus an t-airgead a n-íocaimse leat a thuilleamh mar is cóir.'

Tháinig dreach níos fadfhulangaí fós ar aghaidh an fhir. Ach ní raibh sí ag féachaint air siúd faoin am seo. Chuir sí ungadh uirthi féin mar chosaint in aghaidh na gcorrmhíolta. Chuimil sí isteach é, méaróga beaga boga á tabhairt aici di féin ar a leiceann, ar a muineál agus ar chúl a lámh. Ansin d'fhéach sí ar a hingne a raibh dath dearg curtha go cúramach orthu. Bhí fonn uirthi iad a phéinteáil as an nua, ach bhí an Land Rover ag bogadh an iomarca.

Bhí an chéad jíp imithe as radharc taobh thall de chasadh sa bhóthar. Ní foláir nó go ndeachaigh sé beagáinín chun tosaigh le cinntiú go raibh chuile rud i gceart. Nuair a chuir siad casadh eile sa bhóthar díobh, tháinig an bhean Eoráiseach agus an Sasanach ar an jíp seachránach seo, agus é ina lánstad.

Tháinig fear Eorpach amach as, cuma scafánta air, é gléasta i mbríste de chraiceann liopaird, casóg

---

blagaid *bald patch* • blonag *grease* • gnúis *face* • drochíde *abuse* • fulaingt *suffer*
dreach *appearance* • ungadh *ointment* • corrmhíolta *midgets*
seachránach *straying* • casóg dheinim *denim jacket*

dheinim agus T-léine a raibh pictiúr de chuntanós Mick Jagger uirthi. Bhí greim aige ar *kalashnikov* agus tháinig sé ina sheanrith go dtí an dara jíp.

'A Mhadame Singh! A Mhadame Singh!' a bhéic sé 'Tá ionad seiceála ag Maoirseoirí Pháirc Náisiúnta Maiko dhá chéad méadar síos an bóthar. Tá beirt de na *rangers* ann. B'fhearr dúinn stopadh.'

'Nuair a bheidh do chomhairle uaim, a dhuine, iarrfaidh mé ort í. Nílimidne ag dul ag stopadh. Ar aghaidh linn! Beidh an bheirt úd róleisciúil chun aon rud a dhéanamh. Agus ní mór dúinne teacht ar an eitleán caillte sula dtagann na hamadáin sin ó Aerlíne ... ní cuimhin liom sa diabhal cén comhlacht damanta lena mbaineann na bobarúin!'

'Aerlíne Charn D'Olla,' arsa fear na gnúise deirge, agus tréaniarracht á déanamh aige ar na focail iasachta a fhuaimniú.

'Sin agat é! Tuigim 'Aerlíne' ar a laghad ar bith,' arsa an tEoráiseach dathúil agus í ag gáire, 'ach céard is brí leis na focail eile, na focail sin nach bhféadfadh aon duine sibhialta fuaim a chur orthu?'

'Óra, béile áitiúil de chineál éigin de chultúr cócaireachta na Catalóine atá sa Charn d'Olla,' arsa an fear, ag cur gothaí léannta air féin amhail duine a mbeadh ceachtanna á dtabhairt go foighneach aige do mhac léinn dúr. 'Mar leanas a dhéantar é: bruitear rís le hoinniúin agus trátaí, agus cloicheáin, diúilicíní agus ochtapais bheaga. Fágtar iad ag fiuchadh ar feadh fiche nóiméid nó mar sin, go dtí go mbíonn siad réidh le leagan ar an mbord.'

'Ochtapais bheaga? Agus na hadharcáin orthu? Iuch!' Ghabh uafás an tEoráiseach. Oideachas Shasana a bhí uirthi agus bhí an dearcadh aici a ghabhann leis sin.

---

cuntanós *face* • Maoirseoir *Ranger* • gothaí *antics* • amhail *like* cloicheáin *prawns* • diúilicíní *mussels* • ochtapais *octopuses* • fiuchadh *boiling* adharcáin *tentacles*

'Le hadharcáin, a ghrá.'

'Chuirfeadh a leithéidí múisc ormsa! Agus éirigh as an 'a ghrá' úd; tá mé bréan tuirseach de bheith á rá sin leat, a dhúramáin.'

*   *   *

Bhí Goldie Severing ag siúl ar cheann de na cosáin úd a ghearrann na buabhaill amach dóibh féin sa dufair. Is cuma cé chomh tiubh is a bhíonn an dufair chéanna, buaileann na buabhaill a mbealach tríthi chun uisce, nó áiteanna ina mbíonn féarach níos súmhaire ná mar is gnáth, a aimsiú. B'ógbhean í Goldie a bhí ar tí a seachtú breithlá déag a bhaint amach. Bhí a cuid gruaige chomh fionn sin gur bheag nach ndéarfá go raibh cuma ailbíneach uirthi.

Ní raibh an cosán seo níos mó ná 160 ceintiméadar ar leithead. B'ionann sin go díreach agus an fad a bhí idir cheann an dá adharc ar bhuabhall. Ba iad na hadharca a d'úsáideadh na hainmhithe sin chun cosáin a ghearradh trí fhásra na dufaire.

Bhí Goldie Severing ag teacht as Banríon na gCaisearbhán. B'in an t-ainm neamhchoitianta a bhí ar an bhfeirm úd ar imeall Pháirc Náisiúnta Virunga a raibh cónaí uirthi ann. Ba bheag nach ndearnadh cuid de Pháirc Náisiúnta Virunga den fheirm sin tráth. Tóir ar an bpeata ab ansa léi a chuir ar an mbóthar seo í: simpeansaí a d'éalaigh, é meallta, chuile sheans, ag baineannach dá chineál agus í ar séasúr.

Rugadh agus tógadh an simpeansaí céanna ar Bhanríon na gCaisearbhán. Bhí eagla ar Goldie nach mbeadh sé in ann teacht slán as dúshlán na dufaire.

---

múisc *nausea* • dúramán *dolt* • súmhar *succulent* • ailbíneach *albinotic*
caisearbhán *dandelion* • baineannach *female*

Bhíodh tosca crua maireachtála i réim sa dufair i gcónaí, gan trácht ar an gcoimhlint leanúnach chrua úd ar son na beatha nach raibh an simpeansaí cleachtach léi.

Ar shála Goldie bhí fear mór scafánta agus é réidh lena cosaint ó chuile dhainséar. Kemba an t-ainm a bhí air. Bhí sé níos airde ná na himreoirí cispheile is airde dá bhfuil ann. Bhí sé gléasta i ngnáthéadach na dTuarag, an pobal fánaithe ar de é. Choinnigh sé a aghaidh clúdaithe faoi bhun an turbain, in ainneoin go raibh sé i bhfad óna dhúiche féin, an Sahára. Ní raibh d'arm aige ach an *takuba*, claíomh traidisiúnta na dTuarag.

Ba é an fathach sin ó thuaisceart na hAfraice a bhíodh i bhfeighil Goldie agus í ag foghlaim conas siúl a dhéanamh. Agus bhí seisean chuile phioc chomh cineálta ag an am le haltra cáilithe ar bith. Uair amháin ar turas dufaire do Goldie, nuair nach raibh sí ach cúig bliana d'aois, d'éalaigh sí ó chúram a hathar, an tOllamh Severing (míoleolaí a raibh cáil idirnáisiúnta air agus a bhí luaite mar iarrthóir don Duais Nobel) agus chuaigh sí i bhfad róchóngarach don Ituri, abhainn mhór sa cheantar.

Bhí crogall mór i measc na mbambúnna ar imeall na habhann agus tóir aige ar a bhricfeasta. Nuair a chonaic sé í, chuaigh sé i dtreo Goldie ar luas lasrach. Ach bhí Kemba níos tapúla fós. Rug sé ar eireaball an chrogaill agus tharraing go ropánta ina threo féin é. Nuair a dhún gialla an arrachta de shnap tobann, agus le mórchnagarnach fiacla, ar éigean má bhí siad níos mó ná ceintiméadar ó chosa Goldie. Choinnigh Kemba greim ar an gcrogall, d'ardaigh os a chionn agus luasc cúpla babhta é. Ansin scaoil sé

---

tosca *conditions* • coimhlint *conflict* • fánaí *nomad* • míoleolaí *zoologist*
crogall *crocodile* • ropánta *violent* • arracht *monster*

an t-arracht uaidh go tobann sa chaoi is gur eitil sé tharstu agus thit isteach i lár na habhann i bhfad amach uathu, steall mhór uisce á cur suas san aer aige.

Cóngarach do chorrach lán de phigmithe a thit sé. B'in an chéad uair a raibh crogall eitilte feicthe ag an mbunadh úd. Agus dúradh – ní fios an fíor bréagach é – gur chuir an eachtra sin cor nua sa mhiotaseolaíocht: Miotas an Chrogaill a Thagann Anuas ón Spéir.

Ach bhí Kemba ag éirí míshuaimhneach. Bhí an meán lae beagnach buailte leo. Ní raibh aon chosúlacht ar an scéal go raibh Shikishiki (an t-ainm a bhí aigesean ar Goldie, ón torann a rinne saghas *maraca* a bhíodh á chroitheadh de shíor aici agus í beag) ag filleadh ar Bhanríon na gCaisearbhán. Ní raibh sise ag smaoineamh ar thada eile ach ar rian an tsimpeansaí dhamanta sin a lorg agus a leanúint, de réir cosúlachta. Mura bhfillfidís go luath bheadh an tOllamh Severing ag éirí buartha fúthu.

Dúirt Kemba paidir chiúin chun na spiorad a bhí go fairsing ar fud na dufaire, dar leis. Na dea-spioraid, ar ndóigh. Mar, de réir Kemba, bhí ainspridí amuigh ansin freisin. D'iarr sé orthu a chinntiú go mbeadh an tOllamh sáite i gceann de na tascanna sin a d'éileodh iomlán a airde. Uaireanta chaitheadh an tOllamh Severing na laethanta i ndiaidh a chéile i mbun a chuid taighde – sa chaoi is nach mbeadh aird ar bith aige ar rud ar bith eile faoin spéir. Bhíodh orthu tathant go tréan air rud éigin a ithe, fiú amháin.

'Tá sé ag éirí déanach, a Shikishiki. Nach bhfuil sé thar am againn filleadh ar an bhfeirm?' Mar fhreagra ar gach uile cheist, shéideadh Goldie ar an bhfeadóg

---

corrach *marsh* • bunadh *native inhabitants* • cor *twist*
miotaseolaíocht *mythology* • miotas *myth* • ainspridí *evil spirits*
tathantaigh/tathant ar *urge*

a bhí ar crochadh dá muineál. B'in an fheadóg a d'úsáidtí ar an bhfeirm chun am dinnéir na n-ainmhithe a fhógairt, timpeall a cúig a chlog tráthnóna. B'in mar a bhí sé chuile lá, nuair a d'fhilleadh Goldie ó fheirm na gcomharsan, áit á mbíodh ranganna tréidliachta á dtabhairt ag an Dochtúir Khary, bean as Uganda.

D'fhill macalla na feadóige ar ais orthu. Ach níor tháinig Mik-Mik, an simpeansaí, amach as an bhfásra borb a bhí ar imeall chosán na mbuabhall.

Ní hamháin go raibh an-chion go deo ag Goldie ar a peata – a bhí faoina cúram ón lá ar rugadh é, beagnach bliain roimhe sin – ach ina theannta sin, bhí tionscadal thar a bheith spéisiúil ar siúl aici leis. Bhí 'caint' *ameslan*, teanga láimhe na mbodhar, á múineadh aici dó. Bhí trí chéad comhartha de stór 'focal' cheana féin ag Mik-Mik. Bhaineadh sé úsáid rialta as céad acu sin. 'Deireadh' sé rudaí ar nós 'Banana uaim,' 'Is maith liom,' agus 'Ní maith liom'. Thuig sé, agus chuireadh sé in iúl, ráitis ar nós 'Dún an doras,' 'Oscail an fhuinneog,' 'Tá grá agam duit,' agus 'An bhfuil grá agat dom?' Le cúpla lá anuas bhí scéal á insint ag Goldie dó trí mheán na gcomharthaí láimhe. Bhain an scéal le simpeansaí a bhí ag éalú ó liopard. Dhreap sé suas crann cnó cócó. Faoi dheireadh d'éirigh leis an liopard a ruaigeadh trí chith de chnónna cócó a chaitheamh síos air.

Thuig Mik-Mik an scéal go rímhaith ar an toirt. Rinne sé bua an tsimpeansaí ar an liopard a cheiliúradh le taispeántais mhóra áthais. Ní raibh uaidh ach go n-inseodh Goldie an scéal dó arís agus arís eile.

Bhí go maith is ní raibh go holc go dtí gur tháinig

baineannach de threibh na simpeansaithe an treo sin. Thosaigh sí ar scéal eile a insint dó, scéal a bhí chomh sean leis an gceo ach a bhí úrnua i gcónaí dá lucht éisteachta. Agus ghéill Mik-Mik do chumhacht draíochta an scéil sin.

Bhí lagú ag teacht ar mhisneach Goldie. Bhí sí ar tí éirí as an gcuardach, nuair a chonaic sí féin agus Kemba triúr saighdiúirí sa bhealach rompu agus iad armtha thar mar ba ghnách.

Ina measc bhí an Captaen Tambo, fear a bhí feicthe go minic cheana ag Goldie i mBanríon na gCaisearbhán. Thagadh sé ó thráth go chéile chuig a hathair agus ainmhí marbh éigin ón dufair aige a mbíodh marc éigin air nó fáinne ar a raibh dáta, rud a léireodh gur chuid de thaighde an ollaimh iad.

Ach inniu, ní raibh an Captaen Tambo ag gáire. Ná ní raibh na fiacla geala sin á nochtadh aige, na fiacla a rinne codarsnacht álainn, dar le Goldie, lena chraiceann dubh (chomh dubh sin go gceapfá go raibh sé gorm).

'Is é do bheathasa, a Goldie!' a bheannaigh sé di de ghlan-*lingala*. 'Is aoibhinn liom tú a fheiceáil am ar bith, ach b'fhearr liom nach mbeifeá thart anseo anois díreach, fiú amháin más i gcuideachta duine atá chomh sábháilte le Kemba atá tú.'

Bheannaigh Kemba don Chaptaen le humhlú beag dá cheann. Ach d'fhan a ghnúis socair, gan athrú, ar nós púicín Afracaigh, púicín *ékoi*, nó *thokué*, a mbíonn sé níos éasca teacht orthu in iarsmalanna na hEorpa ná san Afraic féin sa lá atá inniu ann.

B'fhear gaineamhlaigh i gcónaí é Kemba. Bhí an instinn shaor chéanna ann agus atá sna hainmhithe

---

codarsnacht *contrast* • púicín *mask* • iarsmalanna *museums* • instinn *instinct*

fiáine. Agus an cion céanna aige ar ainmhithe agus a bhí ag Muintir Severing, idir athair agus iníon.

Mhínigh Goldie don Chaptaen céard a bhí ar bun acu ar an láthair úd. D'éirigh seisean pas beag míshocair.

'An bhfuil rud éigin cearr, a Chaptaein?'

'Tá! Tamall ó shin, agus ní rófhada ón áit seo ach an oiread, lámhachadh agus loiteadh go dona beirt *rangers*. Caithfidh go ndearna siad iarracht ar lucht a n-ionsaithe a stopadh ag an ionad seiceála, agus gur lámhachadh ansin iad.'

'Ó, a Dhia, an bhfuil a fhios cé a rinne é?

'Níl, a Goldie! Rinneadh iarracht ar na coirp a cheilt i lár na scrobarnaí. Ach chualamar cneadach píosa uainn; ansin chonaiceamar ceann de na coirp á tharraingt ag leon. Cúpla nóiméad ina dhiaidh sin thángamar ar an gceann eile. Téigí sibhse ar ais go beo chuig an bhfeirm, le bhur dtoil!'

Go díreach ansin, chualathas dordán inneall eitleáin. D'ardaigh Goldie agus an chuid eile acu a súile. Chonaic siad an t-eitleán ag imeacht siar ó thuaidh uathu agus é íseal go maith sa spéir.

'Is cuimhin liom eitleáin mar sin a fheiceáil na blianta ó shin,' arsa Kemba, gan aon aird aige ar an saighdiúir agus é ag féachaint go díreach ar Goldie. Ní raibh mise ach i m'ógánach ag an am, ar do nós féin anois. Ag an am sin bhí cónaí orm le mo thuismitheoirí ar an *Sahel*. Bhí triomach uafásach ann ag an am agus an gorta go forleathan dá réir. Bhí na daoine ag fáil bháis ina gcéadta! Lá amháin, tháinig eitleán cosúil leis an eitleán sin atá díreach feicthe againn, tháinig sí le bia a thabhairt dúinn maille le cógais leighis. Is cuimhin liom go raibh idir

cion *fondness* • loit *injure* • cneadach *groaning* • dordán *drone*
maille le *along with*

eitleáin Mheiriceánacha agus eitleáin Rúiseacha ina measc. Agus is cuimhin liom gur ceann Rúiseach é an ceann sin thuas a chonaiceamar ar ball beag. Eitleán iompair Antonov atá ann.'

3

'**Níl** mé ag iarraidh faitíos a chur ar aon duine,' arsa Sivilles, agus miongháire ar a aghaidh a mheabhródh Clint Eastwood do dhuine. B'in í an straois a chuirfeadh sé air féin agus é ag magadh is ag féachaint le híomhá an 'fhir chrua' a chur in iúl. 'Ná bíodh aon imní oraibh! Ach, níl fágtha againn san umar um an dtaca seo ach díol deich nóiméad de bhreosla. Tá súil ag an gCaptaen Sivilles agus ag an bhfoireann ar fad go raibh turas deas agaibh agus go bhfeicfidh siad arís sibh ... ach níl a fhios acu, beirthe ná beo, cén áit!'

'Céard atá tú ag iarraidh a dhéanamh anois, eagla a chur ar Tónaí, an ea?' arsa Jackson, agus é ag féachaint ar an mapa.

'Eagla a chur ormsa, an ea?' arsa Tónaí go prap, bíodh is go raibh sé thar a bheith scanraithe. 'Má cheapann sibhse go scanraítear chomh héasca sin mé, tá dul amú mór oraibh. Eitlígí níos ísle fós agus léimfidh mé amach agus muid fós san aer.'

'Is maith liom an smaoineamh sin!' arsa Jackson. 'Ach ní bheidh ort sin a dhéanamh an iarraidh seo.

Breathnaigh anonn ansin, a Tónaí! Tá ceann scríbe beagnach bainte amach againn ... in aice leis an loch úd thall; an bhfeiceann tú ansin é?'

Chonaic Tónaí é ceart go leor. Bhí an mapa ag teacht le luí na tíre thíos fúthu agus gach cosúlacht ar an scéal go raibh a gceann scríbe ansin thall, go díreach mar a bhí Jackson a rá leis. Ach ní bheadh a fhios agat céard a tharlódh fós. In ionad tosú ag feadaíl nó ag crónán dó féin, mar a mholadh a athair dó, chinn sé ar leanúint ar aghaidh ag caint faoi cibé ábhar a rithfeadh leis.

'Hóra! An bhfeiceann sibh an machaire pollta thíos ansin? Pléascáin a rinne!' Ar éigean má bhí sé in ann smacht a choinneáil ar an gcrith ina ghlór. 'Agus tá iarsmaí de thancanna ann chomh maith. Tá siad leathchlúdaithe ag an dufair. Bhí cogaíocht ar siúl thart anseo, is cosúil!'

'Bhí, agus neart cogaíochta,' a d'fhreagair Jackson. 'Ach an radharc a bhfuil tusa ag breathnú air thíos, ní machaire catha a bhí ann, ach machaire diamant. Agus na cuasa sin a fheiceann tú, is poill iad a osclaítear chun teacht ar na diamaint. Agus na tancanna, dar leat, b'innill tochailte agus druileála iad, crainn tógála agus a leithéid. Chuile sheans nach bhfuiltear á n-úsáid faoi láthair. Lena thaise agus a thorthúla is atá an tír seo, agus lena thapúla agus a fhásann chuile shórt, má thugtar talamh chun míntíreachais glacann an dufair seilbh arís air ar an toirt, beagnach. Is beag nach mbíonn tú in ann an dufair chéanna a fheiceáil ag fás.'

Stad Jackson ar feadh meandair. Ansin labhair sé arís go coilgneach:

'Éist, a Phep, cén fáth as ucht Dé ar mhúch tú innill *Chitty-Chitty Bang-Bang*?'

---

machaire *plain* • pléascáin *explosions* • iarsmaí *remains* • cuasa *hollows*
innill tochailte agus druileála *digging and drilling machines*
crainn tógála *cranes* • torthúil *fertile* • míntíreachas *reclamation (of land)*
coilgneach *stroppy*

'Ba bhreá liom a bheith in ann a rá gur mise a stop iad, a Slim. Ach tá siad tar éis stopadh as a stuaim féin. Is beag neart atá againne ar an scéal. Bíodh misneach againn, a chairde! Ach is eagal liom nach mbeimid in ann dul chuig Motel Empordà le haghaidh béile níos mó. Abraigí le Fanaí gur uirthi siúd a bhí mé ag smaoineamh ag an deireadh.'

'Agus cén chaoi sa mhí-ádh a bhfuilimid chun sin a rá léi? Níl paraisiút ag ceachtar againn. Ná bac leis, a Tónaí! Ní ag titim atáimid ach ag faoileoireacht. Hóra, féach ansin! An bhfeiceann tú an spás thall atá ag lonrú? Sin Loch Rutanzige. Beidh sé mar phointe tagartha againn. Agus sin tír eile ar fad ar an taobh thall den loch: Uganda.'

'Go raibh maith agat, a Slim. Feicim go bhfuil tusa ag iarraidh m'aird a tharraingt ar nithe eile sa chaoi is nach mbeidh imní orm!'

'Mise? Beag an baol! Leaidín thar a bheith mímhuiníneach atá againn anseo, a Phep!'

Ní raibh cúrsaí baileach chomh dona agus a bhí tugtha le fios ag Sivilles. Bhí na hinnill múchta ceart go leor, ach ar ámharaí an tsaoil, bhí cúrsaí ar an talamh ceart go leor maidir le tuirlingt de. Ach é a stiúradh, go cliste agus le hiarraichtín beag den ádh, ní raibh cúis ar bith ann nach mbeadh an tAntonov in ann tuirlingt sa dronuilleog chréafóige a bhí le feiceáil le taobh an locha, murar lochán láibe an dronuilleog chéanna. Ach dhéanfadh na smuigléirí cinnte de go mbeadh caoi mhaith ar an aerstráice i gcónaí. Ní hin le rá go mbeadh túr rialúcháin ann!

Bhí aerfort seo an áidh á mheas go hamhrasach ag Tónaí. Bhí an dronuilleog féin sách fada, dar leis, ach fós féin bheadh sé i bhfad róghearr le ligean d'eitleán de thoirt an Antonov tuirlingt ann!

Empordà *area north of Barcelona* • faoileoireacht *gliding* • baileach *exactly* láib *mud* • dronuilleog *rectangle*

Le taobh an aerstráice chonaic siad seaneitleán tráchta ó aimsir an Dara Cogadh Domhanda. Fairchild an t-ainm a thugtar ar an gcineál eitleáin úd. Bhí cabhail mhór bholgach uirthi leis an gcriú agus an lastas a iompar agus í sin ceangailte leis na sciatháin den dá mhionchabhail a bhí ar chuile thaobh di. Chuirfeadh sí beach ollmhór i gcuimhne do dhuine. Bhí an chuma uirthi go raibh sí i riocht réasúnta maith, gan ding inti arbh fhiú a lua, agus a cuid lián fós slán.

Ní raibh aon chosúlacht ar an scéal go raibh neach beo ar bith ar an láthair. Cá raibh foireann an eitleáin chaillte (a tháinig slán as an timpiste de réir Morrisson Limited, an comhlacht rúndiamhair a d'fhostaigh iad)? B'ait le Sivilles nár tháinig siad amach anois chun fáiltiú roimh an eitleán a bhí ag teacht chun iad a shábháil.

Tar éis dó iarracht a dhéanamh dul i dteagmháil leis an Fairchild agus gan aon fhreagra a fháil, chuir Sivilles trealamh tuirlingthe an eitleáin ag obair.

'Nach bhfuil an t-ádh orainn, a bhuachaillí!' ar seisean. 'Anois, an bhfeiceann tú, a Slim? Tusa, nach dtéann druid ar do bhéal ach ag clamhsán leat i gcónaí, feiceann tú anois go bhfuil beatha fós sa 'seanchrupach Sóivéadach' seo. Ní chaillfear muid cheal rothaí ar aon chaoi. Céard eile a bheadh á lorg agat, a dhuine uasail? D'fhéadfaimís a rá go bhfuil an ghéarchéim thart. Ach ná caithigí tobac, a phaisinéirí dile, agus ná scaoiligí fós na criosanna slándála.'

* * *

---

cabhail *body* • bolgach *bulging* • lián *propeller* • neach *creature*
rúndiamhair *mysterious* • trealamh *equipment* • clamhsán *grumbling*
seanchrupach *old crock* • dil *dear*

'Ní mór dúinn iad a mharú,' arsa Madame Singh trína fiacla, amhail is dá mba ag smaoineamh os ard a bhí sí. Bhí sí ag faire ar an Antonov, a rinne casadh timpeall amháin os cionn an aerfoirt, í ag tuirlingt i gcónaí agus á réiteach féin le teacht i dtír.

I measc na mangróbh agus na sceach a bhí buailte leis an aerstráice, bhíothas tar éis brat mór duaithníochta a leathadh sa chaoi nach bhfeicfí ón spéir thuas aon ní a bhí ceilte faoi. Níor dhrochsheift ar chor ar bith í mar bhí sé thar a bheith deacair an fásra máguaird a idirdhealú ón mbrat duaithníochta céanna. Ar chuma ar bith, níor thug aon duine d'fhoireann an Antonov rud ar bith as an ngnáth faoi deara thíos fúthu.

Chlúdaigh an brat seo trí Land Rover, an dream a bhí iontu agus an triúr a bhí mar chriú ar an eitleán a thit, ar léir anois iad a bheith ar tuarastal ag Madame Singh.

'Ní chloisim thú! Céard a deir tú, a Laila, a stóirín?' a d'fhiafraigh fear na gnúise deirge.

'Táimid chun na hútamálaithe seo a mharú, b'in a dúirt mé, a amadáin!'

Agus í ag féachaint air as eireaball a súile, agus é ansin lena hais faoin mbrat duaithníochta, ba dhíol sásaimh do Mhadame Singh é an chaoi ina raibh a cumhacht thar an deisceabal diongbháilte seo á neartú lá i ndiaidh lae ag a cuid maslaí. Ba chosúil le madra dílis é. Ní thaispeánfadh sé a dhraid go brách dá úinéir, ainneoin na mbuillí a roinnfí leis. Madra a d'fhanfadh ina shuí agus é á lascadh, mura luífeadh sé síos, bolg le talamh, is an sciúrsáil a fhulaingt go humhal is go foighneach. Anois díreach, cuir i gcás, in ionad é féin a chosaint, lig sé an masla thairis –

mangróbh *mangrove* • duaithníocht *camouflage* • máguaird *surrounding*
deisceabal diongbháilte *staunch disciple* • lasc *whip* • sciúrsáil *flogging*
umhal *humble* • foighneach *patient*

agus luigh isteach ar ise a mholadh go hard na spéire.

'Níl do shárú ann, a Laila Singh! Ní smaoineoinn féin choíche ar phlean chomh cliste leis an gceann atá ceaptha agatsa. Bheartóinn féin lastas an eitleáin thite a dhealú ón áit seo i Land Rover nó dhó nó ar dhroim lucht iompair ... '

'Beart a thógfadh an t-uafás ama agus a d'fhágfadh na *rangers* nó an t-arm féin sa bhealach orainn luath nó mall.'

'Ach ní smaoineoinnse choíche ar a bhfuil beartaithe agatsa dúinn anois: eitleán a fháil ar cíos ó chomhlacht príobháideach éigin chun muidne, mar aon leis an lastas ón eitleán tite, a bhailiú agus a thabhairt faoi bhagairt ár ngunnaí chuig cibé áit is mian linn!'

'Ní smaoineofá choíche ar a leithéid de phlean mar gur tusa an saghas duine a bháfaí i ngloine uisce, a David Pelham! Ní haon ionadh é gur chaith siad amach as MI5 thú! Ó, gabh mo leithscéal. Ní as a bheith i d'amadán a chaith siad amach thú. Is amadán thú, ar ndóigh, ach ní aithníonn amadán amadán eile. Agus leis na bobarúin a bhí thart timpeall ortsa d'fhéadfá a bheith ann go lá an Luain sula mbéarfaí ort. Caitheadh amach thú as faisnéis a dhíol leis na Rúisigh chun cúpla pingin sa bhreis a dhéanamh duit féin. Ach ba í an dóigh chiotach ar fhéach tú leis an mbeart úd a chur i gcrích a sceith sa deireadh ort.'

'Níor cruthaíodh aon cheo dá leithéid riamh, a Laila Singh!'

'Ó, bí cinnte nár cruthaíodh. Mar dá bhfoilseofaí fíricí iomlána an scéil d'fhágfaí fadhbanna nach beag

---

ciotach *clumsy*

ag do mháistrí chomh maith, a chráiteacháin. Ní hamháin nár phearsa thú a chruthódh Graham Greene, ní bheadh glacadh leat in úrscéal de chuid John Le Carré, fiú! Ach bíodh sin mar atá – seo chugainn dúramáin Aerlíne Ní-Mé-Céard-É-Féin.'

'Gníomhóimid go díreach mar a d'ordaigh tú, mar sin, a ghrá?'

'Sin é go baileach – go díreach mar a d'ordaigh mé! Agus éirigh as a bheith ag tabhairt 'a ghrá' ormsa. Tá mé tinn tuirseach de bheith á rá sin leat! An nóiméad a thagann an scata sin as an eitleán maróimid leis na gunnaí seo iad. An dtuigeann tú an méid sin? An gá dom é a litriú amach duit? *Maróimid iad*!'

'Fóill! Fóill! Fan nóiméad! Nárbh fhearr iad a fhágáil gan anam gan urlabhra? Ní hé go bhfuil mé ag éirí bog ná go bhfuil mé éirithe róscrupallach, nó aon cheo mar sin. Mise i mbannaí, a Laila, gur beag iarsma dá leithéidí, mar scrupaill, atá fágtha ionamsa. Ach d'fhéadfadh rudaí teacht salach orainn fós. Bíodh a fhios agat nach bhfuil príosúin na dtíortha teochreasacha seo le moladh.'

'Dún do chlab, a chladhaire gan náire! Ní thagann rud ar bith salach ormsa riamh. Is fada mé dul cibé áit is mian liom, ag crochadh liom cibé rud a shantaím, agus níor cuireadh cosc orm riamh. Ní cráiteachán lofa a bhfuil teipthe air sa saol seo mise, ní hionann agus seanphleidhce agus smut dearg air, ar do nós féin.'

'Thug tú d'éitheach. Agus níl ionatsa ar deireadh ach peata d'iníon atá ag baincéir mór cumhachtach ó Shingeapór, fear a bhfuil neart tionchair ar fud an domhain aige. Mar atá a fhios agat go maith, is fear

---

róscrupallach *overscrupulous* • teochreasach *tropical* • cráiteachán *wretch*
smut *grumpy face* • éitheach *a lie*

é a chuir a ladar isteach i do scéalsa go mion is go minic le cinntiú de nach mbéarfaí ort. Is maith leis an gcailín gleoite seo a bheith ag súgradh le splancacha. Ligeann Daidí di é sin a dhéanamh. Ansin tagann sé agus múchann sé an dóiteán. Agus maidir le m'aois, atá á lua go maslach agat: an té a bhíonn ag magadh bíonn a leath faoi fhéin. Is pribhléid mhór í an tseanaois – don té a n-éiríonn leis í a bhaint amach. Tá tríocha bliain eile le dul agatsa go dtí go mbeidh tú ar comhaois liomsa. Ach an éireoidh leat m'aois-se a bhaint amach – sin scéal eile! Chun é sin a dhéanamh níor mhór do dhuine a bheith iontach cúramach. Agus iontach glic. Ach céard is fiú domsa a leithéid sin a rá sin leatsa! Mar a deir Shakespeare: 'Tá an óige lán de shuáilcí, agus an tseanaois lán d'fhainicí'.'

'Is féidir leatsa agus do chuid Shakespeare imeacht i dtigh diabhail. A leithéid d'éirí in airde! Samhlaigh é, agus Shakespeare á aithris in áit mar seo aige!'

'Céard atá cearr leis sin? Is comhartha léinn agus cultúir é. Agus ba chóir go mbeadh a fhios agatsa go maith céard atá i gceist agam leis sin, a ghrá! Ní gá ach féachaint ar na dearthóirí a roghnaigh tú le haghaidh do chuid árasán i Londain, i bPáras agus sa Róimh. Tá sé le feiceáil ar an toirt go bhfuil flúirse airgid agat, ach faic na ngrást thairis sin.'

'Níl cosúlacht dá laghad idir na háiteanna a mbíonn cónaí ormsa agus na hóstáin lofa sin i Soho ina mbíteása ag cur fút nuair a bhuail tú liom. Agus dúirt tú liom ag an am sin, más buan do chuimhne, go raibh tú díreach scaoilte saor tar éis téarma trí bliana príosúnachta a chaitheamh i Wormwood

---

fainic *caution* • aithris *recite* • dearthóirí *designers* • flúirse *plenty*
faic na ngrást *nothing at all*

Scrubs? Bhuel, bíodh a fhios agatsa nár chaith mise oiread agus lá amháin sa charcair riamh – bíodh cultúr orm nó ná bíodh – agus tá fúm leanúint ar aghaidh ar an dul sin go ceann tríocha bliain eile, nó níos mó, más gá.'

'Ná bí chomh cinnte sin faoin a bhfuil i ndán duit! Leis an drochmheas seo atá agat ar dhlíthe na tíre agus ar an dream a chuireann i bhfeidhm iad, d'fhéadfadh sé go bhfuil tú i bhfad Éireann ródhóchasach. An é atá uait áit a bhaint amach duit féin sa *Guinness Book of Records* faoin teideal "An coirpeach nár rugadh riamh uirthi"?'

'Coinnigh do chuid magaidh agat féin, agus éist leis an méid a deirim: nuair a bheimid réidh leis na héiníní seo, cuirfimid lastas iomlán an Fairchild loite isteach san eitleán eile, agus ... slán agat, a Sháír! Má bhíonn fonn orainn tú a fheiceáil arís, feicfimid ar ghnéchlár teilifíse thú.'

Thuirling an tAntonov ar an aerstráice.

---

coirpeach *criminal* • gnéchlár *documentary*

4

Cúpla soicind i ndiaidh dó tuirlingt stad eitleán Aerlíne Charn D'Olla gar go maith don Fairchild. Dúirt Sivilles agus é ag breathnú amach tríd an bhfuinneog:

'Ní maith liom é seo!'

'Céard atá ag cur isteach ort, a chomrádaí,' a d'fhiafraigh Jackson, é sínte siar ar chúl a shuíocháin. Bhain sé searradh as a ghéaga agus as na cosa fada úd a raibh buataisí orthu. 'An é gur chuimhnigh tú air go gcaithfidh tú do leathsa de bhille an óstáin úd i Kinshasa a íoc ar ais liom go fóill?'

'Ní ag magadh atá mé, a Slim. Tá coiste ar an láthair seo le fáilte a chur romhainn. Feicim trí Land Rover ag nochtadh as ceo draíochta, mar a déarfá, agus iad ag déanamh caol díreach orainne!'

'Á, is cinnte gur chuala siad go bhfuil Slim Jackson, rí an cheoil tíre, díreach tagtha agus go bhfuil siad ag deifriú chugam le mo shíniú a fháil.'

'An rud a chuireann isteach ormsa ná go bhfuil coiste seo na fáilte uile armtha le *kalashnikovs*, agus ní *rangers* ná saighdiúirí ach an oiread iad.'

---

searradh *stretch*

'Bhuel níl a dhath agamsa chun mé féin a chosaint ach mo ghiotár.'

D'fhéach Sivilles ar Tónaí:

'Go tapa, a Tónaí! Síos leatsa go beo chuig cúl an eitleáin agus téigh i bhfolach faoin gcarn puball thíos ansin.'

'I bhfolach? Cén fáth? Is mian liomsa a bheith libhse, cibé rud a tharlóidh. Níl uaimse teacht slán, mura bhfuil slánú i ndán daoibhse freisin!'

'Maith thú, a bhuachaill!' arsa Jackson. 'Is maith liom an stócach seo.'

'Ní thuigeann tú mé, a Tónaí. Seans go bhféadfása muid go léir a shábháil! Cuimhnigh go bhfuil haiste i gcúl an eitleáin, go díreach faoi bhun an chairn mhóir sin de threalamh campála. Beidh tú in ann léim go talamh ón haiste sin, má bhíonn tú in ann é a oscailt.'

'Is cinnte go mbeidh! Ach ... .'

'Síos leat, anois díreach, tá mé ag rá leat! Sin ordú de chuid an Chaptaen Sivilles, tiarna na loinge seo i súile Dé! Má tharlaíonn aon drochrud dúinne, amach leat go gasta tríd an haiste, déan cinnte nach bhfeicfear tú agus téigh ar thóir cabhrach láithreach.'

'Dá dtarlódh aon drochrud daoibhse i ndáiríre, ní bheadh a fhios agam go deo céard a dhéanfainn! Ach bígí cinnte nach bhfanfaidh mé díomhaoin!' arsa Tónaí agus drogall air bogadh. Ach rinne sé an méid a iarradh air. Chuaigh i bhfolach i measc an trealaimh champála.

'Hóra, Pep, dealraíonn sé go bhfuil fonn ar na daoine uaisle seo teacht isteach,' arsa Jackson.

'Bheadh ar dhuine a bheith bodhar gan iad a chloisteáil ag bualadh ar an doras, a Slim! Ach ná

---

puball *tent* • haiste *hatch* • díomhaoin *idle* • drogall *reluctance*

hosclaímis é. B'fhearr liom go ndéanfaidís dochar don doras seachas dúinne.'

'Seachain an doras, tá duine de na hainmhithe seo réidh chun gunna a scaoileadh!'

Chualathas rois lámhaigh *kalashnikov* dírithe ar ghlas an dorais. Chonaic Sivilles agus Jackson scealpa miotail ag scaradh de gheit leis an doras céanna.

'Uch, ní dóigh liom go mbeidh an comhlacht árachais sásta íoc as an damáiste seo!' arsa Sivilles, de ghlór clamhsánach.

'Agus céard faoi mo ghiotársa? An gceapann tú go n-íocfaidh siad as sin? Is beag an chuma ar an dream seo go bhfuil grá don cheol le háireamh i measc a gcuid suáilcí.'

Faoin am seo, bhí an doras leath ar oscailt agus le teann tarraingthe, d'éirigh leis na strainséirí amuigh é a oscailt go hiomlán.

Bhí fear an ghunna, ar a raibh an T-léine agus pictiúr de Mick Jagger uirthi, ag fáil faoi réir le teacht isteach, agus bhí fear eile ar a shála siúd. Ach ansin, tháinig duine de chineál eile ar fad i radharc Sivilles agus a chomhghleacaí. Bean agus gruaig chomh dubh leis an airne uirthi. Eoráiseach a bhí inti gan dabht. Bhí rian éigin den oirthear le sonrú ar a ceannaithe. Ainneoin go raibh a gnúis as a riocht le teann feirge, ba léir gur bean shárdhathúil a bhí inti.

Faoi léine de shíoda gréasta a bhí sí agus fuip ina lámh aici. De phreab bhí sí taobh leis an duine a scaoil an rois urchar, thug dhá lasc dá fuip ar a ghualainn dó agus bhéic:

'Stróicfidh mé na cluasa anuas díot, a chneámhaire! Cé a d'ordaigh duitse urchar a chur sa

---

scealpa *splinters* • árachas *insurance* • suáilce *virtue* • (le) teann *with sheer*
fuip *whip* • lasc *lash* • cneámhaire *rogue*

doras sin? Nach bhfuil a fhios agat gurb é an t-eitleán seo an t-aon bhealach amach as an áit seo atá againn?'

Nuair a chuala siad é sin, chaith Sivilles agus Jackson sracfhéachaint lán d'ionadh ar a chéile.

Ansin, d'fhéach an bhean orthu tríd an doras.

'Lámha in airde!' a d'ordaigh sí de bhéic.

Ansin, chas sí timpeall i dtreo a giollaí coise agus dúirt leo:

'Cuirigí chuige, a amadána! Cuirigí na pleidhcí sin as an eitleán, láithreach.'

Agus iad faoi bhagairt úd na ngunnaí, léim Sivilles agus Jackson síos ón Antonov, a lámha in airde acu.

'Cén chaoi a gcuirfidh sibh caoi ar an doras seo?' a d'fhiafraigh sí díobh. Faoin am sin bhí foireann an Fairchild i láthair, triúr acu, agus mionscagadh ar an damáiste á dhéanamh acu.

'Ach, an é go gceapann tú go mbeimidne sásta an doras seo a dheisiú?' a d'fhiafraigh Sivilles, ag labhairt dó i mBéarla freisin. 'Deisigh tú féin é ós sibhse a loit é!'

Thug an tEoráiseach lasc den fhuip dó, mar a rinne sí cheana leis an bhfear a scrios an doras.

'Níor bhris mise aon rud, a amadáin. Coinnigh smacht ar do theanga más mian leat í a choinneáil!'

Thug Jackson céim chun tosaigh, d'ísligh a lámha mar a bheadh sé chun an fhuip a bhaint uaithi. Ach, go tobann, bhí dhá bhairille *kalashnikov* faoina shrón ar dtús agus á mbrú go fórsúil in aghaidh a chliabhraigh ina dhiaidh sin.

'Ceart go leor, ceart go leor! Tógaigí go réidh é!' ar seisean. Ansin chas sé ar an mbean agus dúirt:

'Mr. Morrisson, nach ea? Mura bhfuil dul amú mór orm is tusa an duine uasal úd, George Morrison, as

---

mionscagadh *close examination*

Morrison Limited, Londain. An duine céanna a rinne conradh le seirbhísí Aerlíne Charn D'Olla d'fhonn teacht ar an Fairchild úd a chraiseáil sa tSáír, cóngarach do Shléibhte Virunga? Tá áthas an domhain orm casadh leat, a Mhister Morrisson!'

I dtús báire, chuir focail Jackson, agus an magadh a bhí ceilte ar éigean iontu, ionadh ar Mhadame Singh. Ach ina dhiaidh sin, agus í bánghnéitheach le teann feirge, nocht sí a draid amhail ainmhí a bheadh ar hob greim a bhaint as scornach Jackson. Bhí sí ar tí rud éigin a rá, ach labhair Sivilles i dtosach, a aghaidh á cuimilt aige lena lámh, san áit a raibh rian na fuipe fós le feiceáil:

'Hóra, a Mhister Morrison, feictear dom go bhfuil tú gléasta faoi choinne dreas marcaíochta! Go breá, ar mh'anam! Ach meas tú an bhféadfá do chapall a chur in aithne dúinne? Chuile sheans go bhféadfaimís labhairt leis siúd. Arae, is cinnte le Dia go mbeadh sé i bhfad níos daonna ná sibhse go léir.'

Tharraing sí amach piostal Rúiseach Tokarev a bhí crochta ar a cromán aici. Ach tháinig fear na gnúise deirge chomh fada léi agus níor lig sé di Sivilles a lámhach.

'Tóg go bog é, a ghrá,' a dúirt sé. 'Níl uathu ach a bheith ag déanamh spraoi.'

Ghlac sé leis an deis chun gothaí an fhir chrua a chur air féin os comhair a leannáin. Bhog sé go mustrach i dtreo Jackson. Tharraing sé amach smachtín gearr toirtiúil ó phóca a chasóige míleata caicí. Ba smachtín é a leagfadh bó dá mbeadh fios a ghnó ag fear a láimhseála.

'Mise i mbannaí mura mbeidh fios do bhéas agat feasta agus tú ag labhairt leis an mbean seo, agus mura n-éiríonn tú as an magadh leanbaí sin a bhí ar siúl agat i leith Mhister Morrisson, beidh do chuid fiacla á bpiocadh aníos ón talamh agat, ceann i ndiaidh a chéile. An dtuigeann tú an méid sin?'

Chroith sé an smachtín go bagrach faoi shrón Jackson, ach níor bhog an Meiriceánach oiread agus milliméadar amháin. Chuir sé meangadh dúshlánach ar a aghaidh, fiú amháin.

'An dtuigeann tú a bhfuil á rá agam leat, a phleidhce?'

'Ó, ná déan aon rud dá leithéid, as ucht Dé!' arsa Sivilles, agus gnúis scanraithe mar dhea á cur aige air féin. 'Ná buail é, an créatúr bocht! Samhlaigh duine chomh hóg leis a bheith gan fiacla!'

Le Madame Singh a labhair sé ansin:

'A Mhister Morrisson! A Mhister Morrisson! Abair leis gan beart chomh cruálach a chur i gcrích. An créatúr! Ní bheadh sé in ann aon rud seachas anraith a ithe feasta ná go brách!'

Chuir an t-allagar sin sórt mearbhaill ar an mbeirt ropairí, Madame Singh agus fear na gnúise deirge. Ach ba rímhaith mar a thuig Sivilles céard ba chúis leis an ngeamaireacht a bhí ar siúl aige féin agus Jackson: aird na ndaoine a tharraingt orthu féin seachas ar an eitleán.

Thug sé féin sracfhéachaint tapa ar an Antonov agus chonaic cosa Tónaí ag sleamhnú amach tríd an haiste.

'An rud a deirimse,' a bhéic sé in ard a chinn is a ghutha, 'ná go bhfuil sé seo uile as ord ar fad. Ba chóir do dhuine éigin imeacht leis ar nós na gaoithe ar thóir na *rangers*, nó an airm, nó duine ar bith a bheadh in ann teacht i gcabhair orainn! Ach go beo!

---

bagrach *menacing* • smachtín *cudgel* • dúshlánach *challenging* • allagar *arguing*

Go raibh siad ar an láthair seo ar an toirt boise, a deirim!'

Agus le scread mhór scéiniúil, rinne sé léim amscaí san aer, thit ar an talamh agus thosaigh ag casadh timpeall ó thaobh go taobh, cúr lena bhéal.

Seó thar a bheith drámata a bhí ann, a chuirfeadh fear a mbuailfeadh taom tobann gealtachais é i gcuimhne do dhuine. Agus ní hamháin gur shábháil sé fiacla Jackson ó smachtín fhear na gnúise deirge ach tharraing sé aird a raibh i láthair ar Sivilles. Dá bhuíochas sin, ní fhaca aon duine Tónaí ag lámhacán faoi bhun an eitleáin, ná ag éirí ina sheasamh cúpla méadar ón Antonov agus ag dul as amharc i measc fhásra na dufaire.

'Ó, mo chara dílis bocht!' a dúirt Jackson de bhéic, agus fad á bhaint aige as an ngeamaireacht dhrámata chéanna. 'Tá an taom fíochmhar sin á bhualadh arís! Tabharfaidh mise aire dó.'

Agus sula raibh seans ag aon duine é a stopadh, chuaigh sé síos ar a ghlúine in aice Sivilles, a bhí sínte fós amhail is dá mbeadh an titeamas air.

'Éirigh as, a Phep, nó an é go bhfuil Oscar uait?' a dúirt sé leis trína fhiacla agus chuaigh sé rite leis srian a choinneáil ar an ngáire.

'Coinnigh guaim ort féin, a dhiabhail, nó millfidh tú an seó seo orm!' arsa Sivilles agus tuin an chantail ar a ghlór.

'Ceanglaítear na lúbairí seo, agus isteach linn san eitleán,' a bhéic fear na gnúise deirge, amhail is dá mbeadh eagla air go scaoilfeadh Madame Singh an bheirt eitleoirí ar an toirt.

'Cuireadh duine éigin caoi ar an doras seo. Agus, an chuid eile agaibh, cuirigí lastas uile an Fairchild isteach san eitleán eile.'

---

scéiniúil *frightening* • amscaí *awkward* • gealtachas *lunacy* • lámhacán *crawling*
geamaireacht *pantomime* • titeamas *epilepsy* • srian *control* • lúbairí *rogues*
eitleoir *aviator*

'Ach cén fáth a bhfuil deifir chomh mór sin ortsa, a David Pelham?' arsa Madame Singh agus tocht feirge uirthi. 'Agus cén fáth a gceapann tú gur tusa atá i gceannas anseo agus gur tusa amháin a thugann na horduithe?'

'I bhfad uaim an smaoineamh sin, a Laila Singh! Ach ba chóir go dtuigfeá féin nach mór dúinne éalú as an áit seo láithreach. Ba mhíorúilt amach is amach é nár chas tuilleadh *rangers*, nó fiú amháin an t-arm féin, inár dtreo go dtí seo! Faoin am seo, bí cinnte go bhfuil na sluaite sa tóir orainn. Murar tháinig siad orainn go dtí seo, caithfidh sé go bhfuil cúrsaí eagrúcháin sa tír seo níos measa ná riamh. Féach an chaoi nár íocadh na státseirbhísigh le cúpla mí anuas. Ach déanaimis deifir nó béarfar orainn. Ba bheag an tairbhe dúinn ansin ár gcuid cáipéisí a bheith in ord is in eagar!'

'Dún do chlab, a chladhaire lofa an éadóchais!' a bhéic Madame Singh. 'Ní bhaineann tubaistí dá leithéidí domsa!'

Nuair a bhíodar á gceangal, chuir Jackson cogar i gcluas a chomhpháirtí agus a charad:

'Samhlaigh an fhearg a bheas orthu nuair a gheobhaidh siad amach nach rabhamar in ann peitreal a chur in umar an Antonov, agus go bhfuilimid chomh tirim le gaineamhlach an Kalahari! Tá súil agam go bhfillfidh Tónaí – agus lucht ár dtarrthála ina theannta.'

---

tarrtháil *rescue*

5

'**B**a chóir do dhuine éigin imeacht leis go beo chun na *rangers* a aimsiú, nó an t-arm, nó duine ar bith a chabhródh linn! Agus go sciobtha!'

Ach is fusa an méid sin a rá ná a chur i gcrích, a dúirt Tónaí leis féin, é ag rith ón aerstráice chomh tapa agus a bhí sé in ann.

D'éalaigh sé, agus é leathchromtha, ó áit fholaigh amháin go háit eile, tríd an sabhána agus tríd an bhfásra tiubh i dtreo an locha. Agus anois, sínte amach ansin roimhe, trí chéad méadar uaidh, bhí dromchla geal an uisce ag lonrú faoin ngrian ar nós scátháin ollmhóir. Bhí an spéir le feiceáil ann go soiléir.

Ní raibh neach beo le feiceáil anois, seachas ainmhithe ag éalú de sciuird trí na sceacha, iad scanraithe roimh thorann a chos. Ba mhaith an rud é, ar a laghad, nach raibh na sceacha chomh tiubh ná chomh garbh sin thart anseo, agus go raibh sé in ann leanúint ar aghaidh go gasta dá réir sin.

Ach céard a dhéanfadh sé níos déanaí dá mbeadh air an dufair a thaobhú? Cá rachadh sé? Céard a bheadh sé in ann a dhéanamh ar son a chairde?

---

sabhána *savannah* • dromchla *surface* • sciuird *dash*

Níorbh aon chúis imní dó a shábháilteacht féin. An t-aon rud a bhí ar a intinn ná a chairde. Bheadh air cabhair a fháil dóibh chomh tapa agus ab fhéidir! Bhí a mbeatha i mbaol; bhí an méid sin cinnte.

Agus é ar a ghogaide ansin faoi bhun an Antonov, ag fanacht ar dheis a éalaithe – bheadh air a bheith ag lámhacán ar an talamh ar ball beag ar nós Apáise i scannán buachaillí bó. Chuala Tónaí cuid mhaith den aisteoireacht a bhí ar siúl ag Sivilles agus Jackson. Nach iontach an dream seoigh iad!

Bhí an ceart uile ag Fanaí nuair a dúirt sí go raibh siad ar nós 'fuirseoirí teilifíse'. Ach obair thar a bheith contúirteach a bhí idir lámha acu anois agus iad ag iarraidh aird an namhad a tharraingt ó Tónaí agus eisean ag iarraidh imeacht sa tóir ar chúnamh.

Ach, cén mhaith dó na cosa a bheith tugtha leis aige mura bhféadfadh sé teacht ar dhuine éigin! Ba chóir go mbeifí in ann teacht ar dhaoine ar bhruach an locha, dar leis. Daoine a déarfadh leis cá raibh na *rangers* nó na saighdiúirí.

Bhí sean-chur amach cheana féin ag Jackson ar an tSáír. Ní raibh ann ach an lá roimhe sin ó bhí sé ag labhairt le Tónaí faoi na hiascairí a bhíodh ag teacht ina gcuid curach chun éisc agus casabhaigh a dhíol le paisinéirí na ngaltán mór ar an tSáír. B'in abhainn mhór na tíre a mbíodh an Congó mar ainm uirthi tráth. Bhí tábhacht bhunúsach ag baint leis an abhainn sin i gcóras iompair na tíre, ós rud é go raibh bóithre agus bealaí i gcoitinne thar a bheith gann. Anuas air sin, ní raibh sna bóithre le linn ráithe na báistí móire ach linnte láibe nach mbeadh feithicil ar bith in ann tiomáint orthu.

Dúirt Jackson chomh maith go raibh iascairí ina gcónaí ar bhruacha na lochanna úd a bhí scaipthe

---

gogaide *hunkers* • fuirseoirí *comedians* • casabhach *cassava* • galtán *steamer*
linnte *pools*

amach, mar a bheadh clocha ar phaidrín, i líne a bhí comhthreomhar le sléibhte Mitumba, agus a shín chomh fada le Sléibhte na Gealaí agus Ardchlár Ruwenzori. Athair na Báistí an t-ainm a bhronn muintir na háite ar na sléibhte sin.

Shín an líne ó Loch Mweru agus ó Loch ollmhór Tangainíce a fhad le Loch Mobutu Sese Seko (nó 'Loch Albert,' faoin sean-réimeas), agus ba chuid den 'phaidrín' é chomh maith Loch Kivu (inar cuireadh na mílte corpán ar snámh le linn chogadh Ruanda) agus Loch Rutanzige.

Is cinnte go raibh iascairí ina gcónaí taobh leis an loch a bhí ag síneadh amach os a chomhair, a shíl Tónaí. Loch Rutanzige a bhí ann. (Loch Idi Amin Dada agus Loch Edward a bhíodh air roimhe sin. Bhíodh logainmneacha na Sáíre ag athrú de réir mar a bhíodh lucht cumhachta ag athrú.) D'inseodh na hiascairí céanna dó cén áit le dul le cabhair a lorg. Ba chuma sa diabhal cé a chabhródh leis, bídís ina *rangers* nó ina saighdiúirí; ach cabhair a fháil.

Ach nuair a shroich sé bruach an locha, ní raibh aon neach beo le feiceáil. An t-aon rud a chonaic sé – radharc a scanraigh é beagán – ná cúpla crogall agus iad ina luí go síochánta faoin ngrian. Bhí an chuma orthu go raibh siad ina gcodladh. Thug Tónaí a gcraiceann cnotach faoi deara agus círíní a gcuid eireaball. Bhí éin bheaga ag léim thart agus ag siúl ó dhroim go droim orthu. Níor chuir sé seo as puinn do na crogaill. Choinneodh na héin sin saor ó sheadáin iad – idir ainmhithe agus phlandaí. Ag an am céanna, mhairfeadh na héin ar na seadáin chéanna; sampla eile de na mílte saghas siombóise a chleachtann an dúlra.

réimeas *rule* • cnotach *knotted* • círíní *crests* • seadáin *parasites* siombóis *symbiosis*

48

Shiúil Tónaí leis agus súil ghéar aige ar na háiteanna i measc na raithní móire a raibh na cosa á leagan aige. Sheachain sé ach go háirithe na háiteanna úd ar bhruach an locha a raibh cuma bháite orthu.

Bhí an lá éirithe an-bhrothallach, agus tar éis an bhabhta reatha a bhí déanta aige bhí Tónaí spíonta. Bhí sé ag cur allais – ón imní chomh maith, caithfear a rá – agus d'airigh sé mar a bheadh a chuid gruaige greamaithe dá éadan.

Chuaigh sé isteach faoi scáth *ceiba*, crann mór a raibh an chuma air go raibh sé ag iarraidh teagmháil a dhéanamh leis na scamaill. Le breith ar a anáil bhain sé taca ar feadh scaithimhín as stoc an chrainn sin. Bhí sé ag fiafraí de féin cén treo ar chóir dó dul, nuair a thit rud éigin anuas ar a chloigeann agus ansin ar an talamh. Toradh crua ón gcrann a bhí ann.

D'fhéach sé suas. Chonaic sé moncaí. Simpeansaí a bhí ann, é ina shuí ar chraobhacha ísle an chrainn *ceiba* agus é díreach ar tí toradh eile a chaitheamh síos air. Ní cuma throdach a bhí air. Fonn súgartha a bhí air déarfá ón gcaoi a raibh sé ag iarraidh Tónaí a aimsiú leis an gcéad toradh eile.

Níorbh é cluiche seo na dtorthaí an rud ab iontaí faoin moncaí sin ach an oiread ... mar ba léir do Tónaí go raibh an t-ainmhí ag stánadh air. Ansin thosaigh an moncaí ag déanamh comharthaí aisteacha leis lena cheithre 'lámh'.

Dúirt Tónaí leis féin nach bhféadfadh a leithéid a bheith fíor ... ach bhí air a admháil gur chuir na gothaí céanna teanga láimhe na mbalbhán i gcuimhne dó. 'Caithfidh gur ag brionglóideach atá mé!' a dúirt sé leis féin. D'éirigh an simpeansaí as an ngeáitsíocht.

---

spíonta *wrecked* • scaithimhín *little while* • geáitsíocht *antics*

D'fhan sé tamall amhail is dá mbeadh sé ag súil le freagra ó Tónaí. Ansin, thosaigh sé ag clamhsán go torannach. Ba léir go raibh díomá air nach raibh an freagra cuí á thabhairt ag Tónaí air.

'Céard atá ag cur isteach ort, a mhoncaí? An mian leat rud éigin a rá liom? Is léir gur mian – ach faraor, tá tusa níos cliste ná mise, agus an teanga láimhe sin ar eolas agat. Ní thuigim ó thalamh an domhain cad tá tú ag iarraidh a rá liom.'

Nuair a chuala sé é sin, d'oscail an simpeansaí a shúile go dtí go raibh siad chomh mór le horáistí. Rinne Tónaí aithris ar a gheáitsíocht siúd, ach ní raibh an 'teanga' ar eolas aige. Chuir an moncaí a mhíshástacht in iúl arís. D'oscail sé a bhéal. Nocht sé a dhraid don bhuachaill. Go tobann, chuaigh sé i mbun chaint na lámh arís. Ach ar a fheiceáil dó nach raibh an freagra a bhí uaidh ag teacht thosaigh sé ag sleamhnú síos, colg air agus na fiacla fós á scamhadh aige i dtreo Tónaí.

'Agus ansin, tagann an chuid den scannán ina maraítear mise!' arsa Tónaí leis féin, cloch nó craobh á lorg aige chun é féin a chosaint.

Go díreach ansin, chualathas feadóg ag séideadh. Fead agus fead eile arís.

Rinne an simpeansaí dearmad ar an mbuachaill. Léim sé síos go talamh. D'fhan sé ina leathsheasamh ansin ar feadh scaithimh, amhail is dá mbeadh sé i gcás idir dhá chomhairle. Ach nuair a chuala sé an fheadóg á séideadh athuair, thosaigh sé ag rith chomh tapa agus bhí sé in ann i dtreo na feadóige.

Rinne Tónaí a dhícheall an moncaí a leanúint. Ba léir gur neach daonna a bhí ag séideadh na feadóige.

---

faraor *alas* • aithris *imitation* • colg *anger*

D'fhéadfadh an duine sin a insint dó, gan amhras, cén áit a mbeadh teacht aige ar chabhair.

Bhí na sceacha ag éirí níos gairbhe agus níos líonmhaire de réir mar a lean Tónaí an moncaí. Bhí dealga bioracha ag gobadh amach as cuid mhaith acu. Driseacha de chineál éigin a bhí iontu. 'Fan nóiméidín' an t-ainm a bhí ag na dúchasaigh orthu – mar go gcuirfeadh siad moill ort! Bhí Tónaí ar a dhícheall ag iarraidh na dealga a sheachaint agus radharc a choinneáil ar an moncaí.

Agus ansin, ag gliúcaíocht dó idir na duilleoga agus an fásra tiubh, shíl Tónaí go bhfaca sé an moncaí ag stopadh go tobann, ag ligean cúpla béic áthais as, ag léim go corrthónach agus greim aige ar rud éigin. Is ea, duine a bhí ann. Duine a bhí ag labhairt go séimh leis an moncaí.

'A Mhik-Mik! Ó, nach mise atá sásta go bhfuil tú ar ais agam arís! Tá tú an-dána ar fad, a Mhik-Mik. Cheap mé nach bhfeicfinn choíche arís tú! Tá neart liopard thart anseo. Agus bíonn moncaithe beaga a bhíonn ar seachrán chun bricfeasta acu!'

Cailín a bhí ann, í chomh fionn sin go gceapfá gur ailbíneach a bhí inti. Bhí na súile ba ghoirme agus an aghaidh ba ghleoite aici dá bhfaca Tónaí riamh.

Chonaic Tónaí i mbun chaint na lámh í leis an moncaí, amhail is dá mbeadh cumarsáid eatarthu beirt, an moncaí á freagairt sa teanga chéanna!

Agus ansin, faoi mar ba é an rud ba nádúrtha ar domhan é, d'amharc sí ar an ógánach:

'Agus tusa? Cárb as tú?' ar sí i mBéarla.

'Tá mé tagtha go díreach ón aerstráice anseo in aice láimhe,' arsa Tónaí agus é ag streachailt leis an méid Béarla a d'fhoghlaim sé ar scoil a thabhairt chun cuimhne. 'Tónaí Martí is ainm dom ...'

---

biorach *pointed* • driseacha *briars* • gliúcaíocht *peeping* • corrthónach *restless*
streachailt *struggling*

Ba mhaith an rud gur chuir sé spéis sa Bhéarla agus é ina mhac léinn. Bhí sé in ann, dá réir sin, beagáinín níos mó ná na gnáthabairtí sin a bhíodh ag na daltaí eile go léir a chur le chéile: 'Is fear saibhir é mo tháilliúir' agus 'Tá m'aintín sa ghairdín'.

'Goldie Severing is ainm domsa ...'

'Tá áthas orm aithne a chur ort agus níos mó áthais fós orm gur chas mé ort anseo, a Goldie! Gabh mo leithscéal ach tá fadhb thar a bheith práinneach le réiteach agam. Tá mo chairde gafa ina bpríosúnaigh ag buíon de ropairí armtha. An féidir leat a rá liomsa cén áit thart anseo ina bhfaighinn póilíní nó saighdiúirí? Ní féidir liom a rá leat cé chomh práinneach agus atá an gnó seo!'

Níor fhan Goldie ach cúpla soicind sula ndúirt sí leis:

'Lean mise. Tónaí an t-ainm atá ort, a dúirt tú, nach ea? Cárb as tú, a Tónaí?'

Bhog siad tríd an bhfásra go tapa aclaí, an simpeansaí á leanúint. Ba chosúil go raibh fios an bhealaigh go maith ag Goldie.

'Is as an gCatalóin mé ...'

'An Chatalóin, chuala mé caint ar an áit sin. Chuir an múinteoir litríochta iachall orainn *Homage to Catalonia* le George Orwell a léamh. Agus ansin chuala mé faoi chathair Barcelona agus faoi na Cluichí Oilimpeacha a bhí ar siúl ansin. Hóra, céard atá uait, a Mhik-Mik? Céard atá tú ag iarraidh a rá liom? Crann ... ceart go leor, tuigim: bhí tusa thuas sa chrann. Agus céard a tharla? An buachaill seo thíos ar an talamh – agus céard eile? Lean leat, a Mhik-Mik.'

---

póilíní *police*

'Tá sé seo dochreidte. Tuigim anois cén fáth a raibh an gheáitsíocht sin ar siúl aige. Agus anois tá sé ag míniú duit cén chaoi ar chasamar ar a chéile. Bhí seisean thuas sa chrann, agus mise thíos faoina bhun agus chaith sé toradh síos ar mo chloigeann ... tháinig sé féin anuas ansin. Bhuel, tá mé á rá leat! Cruthaíonn sé sin domsa gur den bhunstoc céanna iad an duine daonna agus an moncaí araon.'

Tharla nach raibh Béarla Tónaí thar mholadh beirte, ní raibh an greann ar léir dó siúd a bheith sa tuairim sin chomh soiléir céanna do Goldie. Ba mheasa fós an scéal é nuair a rinne sé iarracht ar é a athmhíniú di, arís agus arís eile.

Nuair a thuig siad cé chomh deacair agus a bhí sé orthu iad féin a chur in iúl dá chéile, fad agus a bhí an simpeansaí lánábalta ar a chuntas féin ar an eachtra a thabhairt, bhris a ngáire orthu agus bhuail siad a mbosa in aghaidh a chéile go héadrom áthasach.

'Ó, a Dhia na bhflaitheas, tá sí níos áille fós nuair a dhéanann sí gáire!' a shíl Tónaí.

'Tá a chuid fiacla go hálainn!' arsa sise léi féin.

Chonaic Goldie gur tháinig rian an imní arís ar ghnúis Tónaí, agus dúirt sí:

'Is gearr go mbainfimid beairic na *rangers* amach. An bhfeiceann tú thall ansin é, tríd na *ocumés*?

'Na crainn úd thall?'

'Sin agat é go díreach. Tá a fhios agat céard is sraithadhmad ann? Bhuel, déantar as adhmad an chrainn sin é. Ach ar aghaidh linn chuig an mbeairic!'

Cúpla nóiméad ina dhiaidh sin, bhí an Captaen Tambo á lorg ag Goldie.

Daingean coilíneach den ghnáthdhéanamh a bhí sa bheairic sin. Ba iad na Beilgigh a thóg i dtús báire

---

beairic *barracks* • sraithadhmad *plywood* • daingean *fortress*

í ach le teacht an neamhspleáchais ghlac na Sáírigh seilbh uirthi. I gclós na beairice, labhair Tónaí leis an gCaptaen. Caithfear a rá nach raibh sé ró-éasca dó gach ar tharla dá chairde a mhíniú go cruinn. Bhí an cailín ansin ina aice, Mik-Mik i ngreim láimhe aici. Ó am go chéile chabhraigh sí leis chun a chuntas a dhéanamh níos soiléire.

'Ach, a Goldie!' arsa Tónaí, nuair a bhí an Captaen ag tabhairt orduithe ar an raidió, 'cén chaoi a mbíonn a fhios agat roimh ré céard atá mé ag iarraidh a rá? An sórt teileapaite atá agat nó céard?'

'Ó, ní bheadh a fhios agat!' ar sise, agus í ag cur cuma rúndiamhair uirthi féin. Thóg sí dual fada dá folt fionn ina lámh agus thosaigh ag spraoi leis, í ag féachaint ar Tónaí an t-am ar fad, cuma 'is cailín dána mise' ar a haghaidh. Mhothaigh Tónaí mar a bheadh turraing ag dul trína chroí.

Tamall roimhe sin, agus Tónaí ar an meánscoil i mBarcelona, tháinig síceolaí chun na scoile agus thug píosa cainte uaidh inar thagair sé do leabhar faoin 'gcumarsáid neamhbhriathartha'. Dá mb'fhíor dó, is comhartha é an geáitse áirithe seo – méaraíocht le dual gruaige – go mbíonn bean ag spallaíocht le fear. Ba bheag nár airigh Tónaí go raibh na mothúcháin á thachtadh.

'Hóra, tusa, dúisigh!' a dúirt Goldie agus í ríméadach as an tionchar soiléir a bhí aici ar an óganach. 'Seo chugainn arís an Captaen Tambo. Éist, a Tónaí, ní féidir liomsa do mheon a léamh, dáiríre.' Lean sí ar aghaidh agus í ag gáire. 'Níl ann ach go léann Mik-Mik do mheon. Ansin insíonn sé an scéal domsa i dteanga na gcomharthaí, *ameslan*.'

---

dual *lock of hair* • turraing *shock* • tagair *refer* • neamhbhriathartha *non-verbal* tachtadh *choking* • ríméadach *joyous* • tionchar *influence*

'Bhuel, caithfidh tú an teanga sin a mhúineadh domsa chomh maith!' arsa Tónaí, agus é ag gáire freisin.

'Tá patról amháin ar a bhealach cheana féin chuig an aerfort ina bhfuil do chairde,' arsa Tambo leis an óganach. 'Agus rachaidh mise ann caol díreach freisin in éineacht le scata eile.'

'Ó, ba mhaith liomsa dul libh freisin, mura miste leat! B'uafásach an rud é a bheith scartha ó mo chairde féin in am an ghátair. Tá mé thar a bheith buartha fúthu!'

'Ceart go leor, a Tónaí. Is féidir leat teacht linn ach beidh ort géilleadh gan teip dár n-orduithe.'

Bhí Goldie imithe le glao teileafóin a chur ar Bhanríon na gCaisearbhán. Nuair a d'fhill sí ní raibh cosúlacht róshona uirthi.

'Tá an-fhearg go deo ar m'athair de bharr gur imigh mé liom féin ón bhfeirm go moch ar maidin agus mé sa tóir ar Mhik-Mik. Deir sé go bhfuil Kemba do mo chuardach ar fud na háite! Cuirfidh tú aithne orthu amach anseo, a Tónaí. Tá Kemba ina chónaí linne leis na blianta anois, sular rugadh mise fiú bhí sé ann, sula bhfuair mo mháthair bás den mhaláire.'

Thit mar a bheadh scáth ann ar shúile gorma Goldie, ach lean sí ar aghaidh:

'Le filleadh ar scéal Kemba. Tharla réabhlóid. D'éirigh na *Tuaraganna* amach i gcoinne arm na Fraince, an dtuigeann tú. Sa ghaineamhlach, ag bun na Sléibhte Gorma, a tharla. Rinne m'athair agus coirnéal Francach idirghabháil nuair a bhí scuad lámhaigh ar tí Kemba a chur chun báis, mar ní raibh aon rud as an mbealach déanta aige siúd ach é féin a chosaint. Ón am sin i leith níor scar Kemba le

---

gátar *need* • idirghabháil *mediation* • scuad lámhaigh *firing-squad*

m'athair. B'eisean a mhúin domsa conas siúl a dhéanamh, agus neart nithe eile nach é, idir dhánta Arabacha agus eile. Kemba, agus a bhean chéile chomh maith ... bhuel, is dóigh go mba chóra dom agus a *mhná* céile a rá. Is cuid den teaghlach seo againne iad go léir, d'fhéadfá a rá.'

Ansin dúirt sí agus í ag díriú ar an gCaptaen Tambo:

'Ba bhreá liom teacht in éineacht libh, ach tá a fhios agam go maith nach ligfidh sibh dom. Agus anuas air sin, d'ordaigh m'athair dom iarraidh oraibh mé a fhágáil ag geata na feirme.'

Ní raibh Tónaí in ann a shúile a bhaint di! Uair amháin dhearc siad sna súile ar a chéile, nuair a cheap duine acu nach raibh an duine eile ag breathnú. Thosaigh siad beirt ag gáire.

Agus iad i jíp na *rangers*, dúirt Goldie, agus deora ina súile – ainneoin gurbh é an racht gáire a chuir ann iad:

'Ní gá dúinn slán a fhágáil ag a chéile inniu, a Tónaí! Caithfidh tú teacht chuig an bhfeirm, i dteannta do chairde. Ní mhaithfeadh m'athair go brách dom é mura dtabharfainn ann sibh. Agus bheinnse féin an-sásta tú a fheiceáil arís.'

Mhothaigh Tónaí go raibh sé ag eitilt, ar foluain, mar a bheadh sé ar bord an *Apollo XIII* agus é ag triall ar an ngealach. Agus an jíp ag gluaiseacht is iad ina suí in aice a chéile, dúirt sise leis de chogar:

'A Tónaí, nach fíor go bhfuil sé thar a bheith dathúil?'

'Cé atá dathúil?'

'An Captaen Tambo, cé eile!'

'Uch ... b'fhéidir go bhfuil, b'fhéidir nach bhfuil. Ach tá sé ró-aosta duitse, ar aon chuma!'

---

ar foluain *floating*

Agus iad ag fágáil na beairice ina ndiaidh, chuir tapúlacht an fhreagra sin ionadh ar Tónaí. Bhí sé mar a bheadh Tónaí eile ar fad ag caint.

6

Indiaidh dóibh Goldie Severing agus an simpeansaí a fhágáil ag Banríon na gCaisearbhán, feirm an Ollaimh Severing, chuir an Captaen Tambo agus fiche *ranger* eile chun bóthair ina gcuid jípeanna. Thug siad aghaidh ar an aerstráice, nach raibh rófhada uathu.

Bhí Tónaí sa chéad jíp faoin am seo, é ina shuí in aice leis an gCaptaen. Nuair a bhí siad ag teacht cóngarach don láthair, d'éirigh an Captaen airdeallach. D'ordaigh sé don chonbhua stopadh. Chuir sé ceathrar fear ar aghaidh leis an mbealach rompu a fhiosrú.

Agus, arís eile, thiontaigh sé ina oíche go han-ghasta. Bhí corrán gealaí crochta sa spéir os a gcionn, nuair nach as amharc taobh thiar de na scamaill a bhí sé. Le titim na hoíche agus an ceobhrán a tháinig ar a sála, mhothaigh siad go tobann go raibh sé éirithe níos fuaire agus níos taise.

Bhí orduithe tugtha ag an gCaptaen dá chuid fear gan aon solas a lasadh ná torann a dhéanamh. Chuaigh an t-urgharda ar aghaidh de shiúl na gcos. Bhí an bhuíon seo chomh ciúin leis na hainmhithe

---

airdeallach *wary* • corrán *sickle* • ceobhrán *mist* • tais *moist* • urgharda *vanguard*

58

creiche a bhí amuigh ansin i mbéal na hoíche agus
iad go hocrach sa tóir ar bhéile. Agus b'in an 'béile'
a bhíodh thar a bheith airdeallach, thar a bheith
éalaitheach. Ba ghá é a sheilg go cúramach agus gan
teacht air ó threo na gaoithe, ionas nach sceithfeadh
a bholadh féin ar an sealgaire.

Ó am go chéile, i measc scréacha na n-éan oíche
agus i measc na bhfuaimeanna eile a thagadh chucu
ar an ngaoth úr, a raibh boladh dodhearmadta na
dufaire uirthi, chualathas gártha beithíoch éigin a
raibh an bás á fhulaingt aige. Ba chomhartha é sin go
raibh dlí na n-ingne is na bhfiacla á chomhlíonadh, is
é sin, forlámhas an neach is láidre, teacht slán – ar
ais nó ar éigean – cuma cé eile a bheadh thíos leis.
B'in dlí docht an dúlra. Ba dhlí dian cruálach é cinnte,
agus tú á scrúdú trí shúile an duine.

Ba dhlí é, dlí seo na n-ingne is na bhfiacla, a chuir
daoine maithe ag streachailt ina choinne ar feadh na
gcianta d'fhonn deireadh a chur leis. Bhí an
streachailt sin ar siúl acu i gcónaí.

Ach, dá chruálaí iad gníomhartha
neamhthrócaireacha ainmhithe na dufaire, níor
athraigh siad riamh mór-chothromaíocht an dúlra.
Teacht an duine a d'athraigh an scéal sin ainneoin
gur chóir dúinn i gcónaí na heisceachtaí fiúntacha
daonna a lua chomh maith.

Ba léir faoi dheireadh an fichiú haois nach raibh
buanna uaisle an duine – an acmhainn grá,
cleachtadh na heitice, an chirt agus na
dlúthpháirtíochta – nach raibh siad in ann an lámh in
uachtar a fháil ar an leithleachas gan laincisí, ar an
uaillmhian ainrianta, ar an ródhúil sa chumhacht, ar
an tsaint gan teorainn, is é sin le rá, ar na duáilcí uile
as a n-eascraíonn mórán chuile choimhlint. Agus, aon

---

ainmhithe creiche *beasts of prey* • sceith *betray* • sealgaire *hunter*
forlámhas *dominance* • cothromaíocht *balance* • eisceachtaí *exceptions*
acmhainn grá *ability to love* • eitic *ethics* • dlúthpháirtíocht *solidarity*
leithleachas *selfishness* • laincisí *restraints*
uaillmhian ainrianta *unbridled ambition* • ródhúil *excessive craving* • saint *greed*
teorainn *limit* • duáilcí *vices*

uair nach mbíodh an cogadh seo á fhearadh ag an
duine ar a chomharsa ba nós leis ó thús aimsire, is
cosúil, ainmhithe a mharú. San Afraic féin mar
shampla, in ionad a bheith sásta a ngrianghraif a
ghlacadh, théadh daoine ag fiach na n-eilifintí, na
srónbheannach agus na ngoraillí.

Bhí crainn á leagan agus an dufair á lot chuile áit.
Ba thoradh é sin uile ar na margaí beaga suaracha
agus ar an trádáil gan phrionsabal a bhíodh á gcothú
de shíor.

Bhí sléacht déanta cheana féin acu ar chrainn na
dufaire taise san Afraic agus in áiteanna eile, na
crainn cheannann chéanna a sholáthraíonn ocsaigin
don saol ar fad. Agus lena gcuid tionscal agus
feithiclí (maille le trealamh eile nach mbeadh gá leis
go minic murach leithleachas an duine agus a
thomhaltas gan chiall), bhí uiscí na bhfarraigí, na
n-aibhneacha agus na lochanna á dtruailliú acu, agus
an poll sa chiseal ózóin á fhairsingiú in aghaidh an
lae.

Sa bhealach seo, bhíothas ag cur le lagú an
phláinéid, pláinéad a bhí leochaileach go leor cheana
féin. Ár ndomhan féin, an Chruinne, a bhí i gceist –
an pointe bánghorm úd, mar a dúirt Carl Sagan, a bhí
caillte san Ollchruinne dhochuimsithe, an t-aon
tearmann aitheanta a bhí againn uile. De réir a chéile
bhí ag laghdú ar a chumas é féin a chosaint ar na
gathanna dearga teasa ón spás amuigh agus an
pláinéad á thiontú ina theach gloine mór plúchtach.

Ainneoin rabhadh na saineolaithe cáiliúla
idirnáisiúnta – athair Goldie agus go leor buaiteoirí
Nobel ina measc – agus ainneoin dhícheall na mílte
a thuig an fhadhb agus a raibh fonn orthu é a
réiteach, níor scoireadh den tubaiste éiceolaíoch

---

srónbheannach *rhinoceros* • suarach *miserable* • sléacht *destruction*
tomhaltas *consumption (of goods)* • truailligh *pollute*
ciseal *layer* • leochaileach *delicate* • dochuimsithe *boundless* • tearmann *refuge*
plúchtach *suffocating* • rabhadh *warning* • saineolaithe *experts*
tubaiste *disaster*

seo. Ba láidre tionchar an mhionlaigh chumhachtaigh sin nár chás leo rud ar bith ach a gcuid saibhris féin a mhéadú, agus a ghníomhaigh de shíor dá réir sin. Agus, barr ar an donacht, ba mhinic rialtais éagsúla ag tacú leis an obair shalach sin.

Agus ba mar sin a bhí an domhan agus é i mbéal an 21ú haois: é faoi bhagairt ag an éagóir ollmhór leanúnach úd a bhí á himirt ar bheatha an phláinéid agus ar an gcine daonna a raibh sé aige mar oidhreacht. Bhí go leor fadhbanna ann gan dabht, ach gan dea-thoil agus an cur chuige cuí ní bheadh réiteach go brách orthu. Bhí dreamanna áirithe ag teacht i dtír ar na fadhbanna céanna, áfach, agus b'fhearr leo a ligean orthu féin gur chora casta cinniúna iad nach raibh neart ar bith – ná réiteach ar bith – ag an gcine daonna orthu.

Ach is fiú a rá go raibh an drochobair seo ar siúl in aghaidh thoil na milliún ar fud an domhain nach raibh dall, ná baol air, ar a raibh ag tarlú. Na milliúin a raibh misneach agus idéalachas morálta ag baint leo, agus a d'ardaíodh a nguthanna chun a dtuairimí a chur in iúl go síochánta. Ó aimsir na bpluaiseanna agus na barbarthachta i leith, ba iad na daoine sin ba chúis le cibé dul chun cinn a bhí déanta ag an tsibhialtacht dhaonna. Ba dhóibh siúd amháin a bhí an buíochas ag dul as cibé saoirse, féiniúlacht agus dlúthpháirtíocht a bhí bainte amach go dtí seo.

Fad agus a bhí siad ag fanacht ar an urgharda a bhí curtha chun tosaigh chun a raibh rompu a iniúchadh, chaith an Captaen agus Tónaí a gcuid ama ag comhrá.

Bhí leisce ar an stócach é a admháil, ach ón am a luaigh Goldie an meas a bhí aici ar an gCaptaen ba lú an luí a bhí aige féin leis an bhfear céanna. Ach,

---

mionlach *minority* • ag tacú le *supporting* • oidhreacht *heritage*
dea-thoil *good will* • idéalachas morálta *moral idealism* • féiniúlacht *identity*
iniúchadh *examine*

diaidh ar ndiaidh, chuaigh cairdiúlacht agus láíocht an Chaptaein i bhfeidhm air. Thairis sin, thug siad beirt taitneamh don chaitheamh aimsire céanna: bheith ag éisteacht le ceol *country* agus Emmylou Harris. B'aoibhinn leo beirt Whitney Houston chomh maith. Le fírinne, nuair a luaigh an Captaen a hainm sise bhí an chuma air go léimfeadh na súile as a cheann le teann díograise. Bhí suim acu beirt i mbanna áirithe rac-cheoil agus sa cheol teicneo, fiú amháin ...

Agus, le casadh tromchúiseach a thabhairt don chomhrá, chaintigh siad ar na faltanais is na maruithe idireitneacha a tharla sa tír béal dorais, Ruanda, agus ar an dá mhilliún teifeach Ruandach a bhí sa tSáír ag an am úd. Labhair siad faoi na fíor-dhrochthosca maireachtála a bhí á bhfulaingt ag na teifigh sin agus an chaoi a mbítí ag áiteamh orthu filleadh ar a bhfearann dúchais.

Thug Tónaí faoi deara gur leasc leis na húdaráis a cháineadh ná dul ródhomhain i gceisteanna áirithe i gcomhluadar eachtrannaigh. Fear é a bhí ag maireachtáil faoi chóras deachtóireachta, ar ndóigh.

Thuig Tónaí an scéal seo gan mórán stró. Sular cailleadh a sheanathair ar thaobh a mháthar, thug sé i leataobh é agus rinne sé cur síos dó ar an deachtóireacht a bhí i réim sa Spáinn ar feadh na mblianta fada. Dar leis, bhí na bunchearta a shamhlaítear le stát saor ar bith curtha ar ceal ag an am sin. Ní hamháin sin, ach bhí na cultúir agus na teangacha a bhain leis na náisiúin Ibéaracha ar leith curtha faoi chois ag póilíní na deachtóireachta.

Ar deireadh thiar, d'fhiafraigh Tónaí den Chaptaen:

'Agus cén chaoi, dar leatsa, a n-éireoidh le tíortha forbartha an iarthair cabhrú le tíortha an Tríú

---

láíocht *affability* • teann díograise *with sheer enthusiasm* • tromchúiseach *serious*
faltanais *treacheries* • idireitneach *interethnic* • teifeach *refugee*
drochthosca *bad conditions* • áiteamh *persuading* • leasc *loath (to)*
eachtrannach *foreigner* • Ibéarach *Iberian*

Domhan? Mar shampla, céard is féidir linne a dhéanamh le cinntiú nach mbeidh iachall ar dhaoine a dtír féin a fhágáil, agus dul thar lear chun saol níos fearr a bhaint amach dóibh féin?'

'Déarfaidh mise leat an méid a deir an tOllamh Severing, athair Goldie, liomsa. Ní fhéadfadh na tíortha forbartha rud níos fearr a dhéanamh ná muidne a fhágáil linn féin agus gan a bheith de shíor ag cur isteach orainn. Is é sin mura mbeadh uathu beart a bheadh fiúntach i ndáiríre a chur i gcrích. Déanann *Medecins Sans Frontières* agus a macasamhail, maille le hoibrithe deonacha na nEagraíochtaí Neamh-Rialtais an-obair, cuir i gcás. Rud eile a d'fhéadfaidís a dhéanamh ná an praghas cóir a íoc as ár gcuid bunábhar. Agus éirí as saibhreas mór a ghnóthú dóibh féin trí ghunnaí a dhíol gan stad linn. B'in an rud a rinne siad sa tSomáil agus i Ruanda chomh maith – agus i mBoisnia. Is comhlachtaí príobháideacha atá i mbun na hoibre seo, ach bíonn rialtais ag plé leis freisin. Sa bhealach sin, ní hamháin go ngnóthaíonn siad brabús mór ach coinníonn siad a gcuid tionscal ar siúl ag an am céanna.'

'Ach fágann an cur chuige sin na fadhbanna atá againne ag méadú gan stad. Éist, i láthair na huaire tá troid ar siúl idir arm na Sáíre agus na treallchogaithe Ruandacha. Ní gá dom a rá leatsa nach de dhéantús na hAfraice aon chuid de na gunnaí atá in úsáid acu!' Díreach ansin chonaic siad an t-urgharda ag teacht ar ais chucu ón aerstráice. Bhí scéal ait acu, scéal nach raibh súil ag duine ar bith leis. Ní raibh tásc ná tuairisc ar aon duine ag an urgharda.

---

macasamhail *the likes* • deonach *voluntary* • Eagraíochtaí Neamh-Rialtais *NGOs*
cóir *just* • brabús *profit* • treallchogaithe *guerrillas* • déantús *manufacture*

Tháinig siad ar an Antonov agus ar an Fairchild ceart go leor, gan aon bhraon peitril in umar an Antonov agus gan ach fíorbheagán de sa Fairchild. Ach ní raibh duine ná deoraí i gceachtar acu. Agus gan tásc ná tuairisc ar jípeanna Mhadame Singh ach an oiread!

Ach ba mhó fós an t-ionadh a bhí ar Tónaí nuair a dúradh leis cén lastas a bhí ag an Fairchild, an lastas a bhí sé féin agus a chairde ceaptha a bheith ar a thóir. Mar ní 'ábhar luachmhar leictreonach' a bhí ann ar chor ar bith. Ná gunnaí smuigleáilte ach an oiread ... ach ainmhithe. Is ea – ainmhithe a raibh cosc ar a marú, a ngabháil nó a n-easpórtáil de réir dhlí na Sáíre. Ainmhithe a raibh a dtodhchaí i mbaol. Bheadh airgead mór le déanamh ag na ropairí as iad a dhíol faoi rún san Eoraip le daoine neamhscrupallacha.

Ar an drochuair, ní raibh lúbairí dá samhail gann. Daoine ar bhreá leo ainmhithe, idir ainmhithe comónta agus ainmhithe coimhthíocha, a bheith acu agus iad a choinneáil mar pheataí nó mar bhréagáin. Ní rithfeadh sé leo gur neacha beo a bhí faoina gcúram, neacha ar dual dóibh cuimhne agus mothúcháin.

Bhí an scéal a bhí ag an urgharda ríshoiléir. Áirc Naoi nua móide péire sciathán a bhí sa Fairchild! Thángthas ar na hainmhithe, iad sáinnithe i gcliabháin agus iad leathbhásaithe cheal uisce agus bia. Chaithfí aire a thabhairt dóibh láithreach ar fhaitíos go gcaillfí iad, ceann i ndiaidh a chéile.

'Go breá!' arsa Tónaí 'ach céard faoi mo chairde? Téann sé rite liomsa smaoineamh ar aon rud eile faoi láthair.'

todhchaí *future* • comónta *common* • ainmhithe coimhthíocha *exotic animals* dual *natural* • Áirc Naoi *Noah's Ark*

'Tá a fhios sin agam go maith, a Tónaí, ach ná bí róbhuartha fúthu. Tiocfaimidne orthu, luath nó mall. Tá lucht an airm agus na *rangers* á gcuardach ar fud an réigiúin. Agus tá daoine sna ceantair máguaird freisin a bhfuil dualgas orthu iad a aimsiú. Beidh scéal againn orthu sula i bhfad, fan go bhfeicfidh tú.'

Níor theastaigh ón gCaptaen é a rá glan amach leis an ógánach, ach bhí faitíos air go mb'fhéidir go raibh na ropairí éalaithe leo ar fheiceáil dóibh nach raibh a ndóthain peitril acu. Bheadh a fhios acu freisin nach bhféadfaidís méid chomh mór sin de a cheannach gan amhras fúthu féin a chothú. Gach seans go raibh an teorainn trasnaithe cheana féin acu ina gcuid jípeanna agus go raibh siad in Uganda nó sa tSúdáin faoin am seo, b'fhéidir.

Bhí eagla air chomh maith go mb'fhéidir go raibh cairde Tónaí curtha chun báis cheana féin acu.

Bhí Tambo i dteagmháil raidió de shíor lena chuid ceannairí i Kisangani agus i nGóma. Agus bhí siad siúd tar éis teacht ar dhuine arbh ainm di Madame Knut, nó Madame Kalashnikov, ina gcartlann. Agus bhí an-chosúlacht idir í siúd agus an bhean a chonaic Tónaí agus é ag éalú ón Antonov.

De réir na bpóilíní ba choirpeach dainséarach í, a thuill go maith an leasainm a bhí tugtha di: An Nathair Nimhe. Cibé áit ina raibh sí roimhe sin d'fhág sí fuil ina diaidh. Ba bhean gan náire í. Agus d'ainneoin nach raibh sí thar a bheith stuama, bhíodh an t-ádh léi i gcónaí, sa chaoi is nach rabhthas in ann breith uirthi riamh.

'Ó, a Tónaí, bhí sé beagnach dearmadta agam é a rá leat ach tá teachtaireacht fágtha ag an Ollamh Severing duit. Táthar ag iarraidh ort dul chuig Banríon na gCaisearbhán anocht le haghaidh béile. Agus beidh leaba ann duit chomh maith. Tabharfaidh mé ann tú anois díreach.'

Bhí brón i gcroí Tónaí toisc é a bheith scartha óna chairde agus toisc nach raibh tásc ná tuairisc orthu, fiú. Ach nuair a smaoinigh sé go bhfeicfeadh sé Goldie arís, tháinig maolú éigin ar an bpian.

7

'**N**í dóigh liom go dtuigim i gceart thú!' arsa Sivilles.

Bhreathnaigh fear na gnúise deirge air go fíochmhar.

'Ní gá duitse aon rud a thuiscint! Fan i do thost ansin agus ná déan aon rud as bealach, más uait teacht beo as an eachtra seo.'

'Agus tusa, a Pelham? Nár chóir duit smaoineamh ar do leas féin? Nach dtuigeann tú go bhfuil an 'Mr. Morrisson' seo as a meabhair glan? Ní foláir nó tá gach *ranger* sa tír agus gach saighdiúir san arm dár gcuardach faoin am seo. Agus seo é go díreach an t-am, mura miste leat, a roghnaíonn an 'Mr. Morrisson' céanna dul sa tóir ar ghoraille óg i Sléibhte Virunga. Agus tá seilg seo na seafóide ar bun aici ionas go mbeidh sí in ann an sméar mhullaigh a chur ar an zú beag seo atá cruinnithe cheana féin aici ar an Fairchild, más fíor an méid a dúirt tú liom.'

'Éirigh as 'Mr. Morrisson' a thabhairt ar Mhadame

Singh!' a bhéic Pelham, smachtín á bhaint as a phóca aige.

'Uch, ná habair go bhfuil tusa ag iarraidh mo dhéadsa a bhriseadh freisin? Ina áit sin, is é ba chóra duitse a dhéanamh ná teacht ar chomhthuiscint liomsa agus le mo chomhphíolóta. Is leathcheann ar fad í 'Mr. Morrisson' má cheapann sí sa chéad áit go bhfuil sí chun teacht ar ghoraille óg agus é a ghabháil. Agus is gealt ar fad í má cheapann sí go mbeidh sí in ann filleadh ar an aerstráice gan bualadh leis na póilíní nó leis na saighdiúirí. Má shíleann sí go mbeidh ar a cumas teacht ar a thuilleadh peitril agus eitilt léi san Antonov go Kinshasa ar a sáimhín só, agus as sin chun na hEorpa, mura miste leat, bhuel ... Tar anuas ó na scamaill, as ucht Dé, a Pelham. Cabhraigh liomsa seaicéad smachta a bhualadh ar an mbean sin! Agus nuair a chuirfear os comhair na cúirte thú, pléisiúr mór atá i ndán duit gan dabht ar bith; geallaim duit go ndéarfaidh mise leis an mbreitheamh gur chomhoibrigh tú linne.'

Bhí nasc ar rostaí Sivilles. Pelham a bhí ag tiomáint. Taobh thiar den bheirt seo bhí an fear a raibh T-léine Mick Jagger á caitheamh aige agus ropaire eile, Brasaíleach arbh é 'Amas Cruinn' a leasainm.

Bhí a jípsean chun tosaigh agus trí cinn eile á leanúint. Turas mall leadránach go leor a bhí ann. In áit dul díreach trí Pháirc Náisiúnta Virunga chuaigh siad thar timpeall uirthi le bacainní bóthair a sheachaint. Bhí ualach mór peitril á iompar acu sna jípeanna, mar aon leis na paisinéirí, agus thiomáin siad cóngarach do Loch Rutanzige ar chosáin chré a bhí ina linnte láibe faoin am seo.

---

déad *tooth/teeth* • leathcheann *half-wit* • bacainní *barriers*

Tháinig siad go deireadh an chosáin, díreach taobh thíos de d'Ardchlár Virunga. Radharc den scoth ba ea na sléibhte úd, agus Sléibhte maorga Ruwenzori greanta ar imeall na spéire chomh maith. Bhí an ghrian ar tí dul faoi, rud a tharlaíonn go tobann de ghnáth, ach bhí loinnir á baint aici fós as sneachta na n-ardbheann thuas. Cheapfá go raibh an solas deireanach sin ag dul i ngile le dorchadas na hoíche a bhí chucu a chúiteamh. B'iontach ar fad na splancacha bána, bándearga, glasa, agus corcra a bhí á mbaint ag an solas úd as stuaiceanna na mbeann. Anuas air sin, bhí an chodarsnacht idir an oíche thíos agus gile na spéire thuas chomh hálainn sin go meabhródh sé Lá an Bhreithiúnais do dhuine.

'Hóra, a Pelham! An é gur phrioc an tseitse thú, nó céard? Ná tit i do chodladh! Nó an ag iarraidh dul as an gcosán d'aon turas atá tú?'

'Ní raibh mé ag titim i mo chodladh!'

'Tá tú spíonta; admhaigh go bhfuil tú ró-aosta le haghaidh craic den chineál seo. Agus rud eile, dá mba mise tusa ní cheadóinn don chailleach sin – gabh mo leithscéal, ní ligfinn do stóirín geal do chroí a bheith sa jíp tosaigh sin i dteannta Jackson. Fear an-dainséarach é an Jackson céanna i gcomhluadar ban, tá a fhios agat ... fiú dá mbeadh éadach catha á chaitheamh aici siúd agus a lámha seisean naiscthe. Nuair a chanann sé amhrán *country* dóibh cailleann na mná an cloigeann ar fad agus ...'

'Dún do chlab ansin anois díreach, a deirim, nó ...!'

'An é an chaoi go bhfuil tú ag iarraidh gobán a chur ionam? Tar uait, a Pelham! Bí i d'fhear neamhspleách uair amháin i do shaol seachas a bheith i do

---

ardbheann *high peaks* • stuaiceanna *peaks* • go meabhródh *it would remind*
seitse *tsetse-fly* • gobán *muzzle* • faoi dhiansmacht *under strict control*

phuipéad faoi dhiansmacht an ghearrchaile mhillte sin. Mhínigh tú féin a scéal sise dom, nár mhínigh? Bíodh ciall agat, a Pelham, déan mar a deirimse …'

Ba é freagra Pelham ar an allagar seo ná an smachtín a tharraingt amach athuair agus iarracht a dhéanamh clabhta a thabhairt do Sivilles. Sheachain Sivilles an fhlíp trí ligean dó féin titim i leataobh. D'ardaigh Pelham an smachtín athuair, ach choinnigh sé guaim air féin an iarraidh seo.

'Bí cúramach, Sivilles! Cuimhnigh! Más beo fós tú, tá a bhuíochas sin ag dul domsa. Go dtí seo tá éirithe liomsa a chur ina luí ar Mhadame Singh sibh a thabhairt linn mar ghialla, ar eagla go gcasfaí aon bhacainn orainn sa bhóthar, cuir i gcás … '

'Pelham bocht!' arsa Sivilles, agus meangadh air, ag déanamh a dhíchill é féin a chur ina shuí go díreach arís. 'Mura marófar tú, gheobhaidh tú bás i do sheanduine sa phríosún de dheasca na mná seo. Ní gá ach féachaint ort le haithint go bhfuil tú splanctha ina diaidh! Agus go bhfuil an-smacht aici siúd ortsa dá réir sin. Ní gá di labhairt leat fiú. Le sracfhéachaint amháin nó fógra méire tugann sí orduithe duit a mbíonn tú faoi gheasa iad a chomhlíonadh. Mo thrua thú, a Pelham! Níl tú chomh dúr sin ach oiread, ach léiríonn tú fírinne sheanfhocal úd na bhFrancach a mhíníonn dúinn go soiléir go ndéanann an grá amadán d'fhear cliste!'

Bhí fiacla Pelham á ndíoscadh aige le teann feirge faoin am seo. Ar éigean a d'éirigh leis guaim a choinneáil air féin. Dhún sé a chluasa ionas nach gcloisfeadh sé guth magúil Sivilles níos mó, guth nárbh fhéidir a chloí leis an smachtín. Ghoill an guth

---

gearrchaile *young girl*

sin air níos mó ná tiompán a chluaise a bheith á
pholladh ag druilire.

* * *

Bhí *sari* álainn Indiach á chaitheamh ag Madame
Singh agus bhí cóta mór fionnaidh, déanta as seithí
an tsionnaigh Artaigh, á clúdach ó bhun go barr. Bhí
gá aici leis an gcóta seo, a bhí ar dhath an airgid,
arae bhí sé ag éirí níos fuaire de réir mar a bhí siad
ag dul in airde sna sléibhte. Agus anois, le teacht an
dorchadais, chuir taise an aeir leis an bhfuacht seo.

'M'anam, nach tusa atá gléasta go gáifeach
anocht, a 'Mhister Morrisson'!' arsa Jackson, agus é
ina shuí taobh léi sa jíp. An é go bhfuil sé beartaithe
agat freastal ar shochraid éigin?'

'Ar bhur sochraid féin, chuile sheans, mura
gcuirfidh sibh druid ar bhur mbéal, a bheirt amadán!'

Bhí greim docht aici ar an roth stiúrtha agus a
haird dírithe go hiomlán ar an gcosán garbh a bhí á
nochtadh féin faoi shoilse an jíp. Bhí neart constaicí
ann. Ní túisce iad tagtha slán as linn láibe amháin,
cuir i gcás, ná go raibh siad sáinnithe ag ceann eile.
Bhí gach cuma ar an scéal nach mbeidís in ann
leanúint ar aghaidh mórán níos mó.

'Dún do bhéal, nó cinnteoidh mise go ndúnfar duit
é, a phleidhce!'

Nuair a chuala sé é sin, thug ceann dá giollaí
coise, a bhí suite taobh thiar díobh, agus ar leasainm
dó Boris an Bháis, buille cluaise do Jackson le stoc
a ghunnáin Smith & Wesson.

'Éist le Madame Singh! Mura ndéanann tú rud
uirthi ... '

---

tiompán *ear-drum* • seithí *hides* • gáifeach *showy* • constaicí *obstacles*

'Tá go maith! Sin sin!!' a bhéic Jackson. 'Ní abróidh mé aon rud eile. Ó, bhí sé sin pianmhar, úúúch!'

Chas sé i dtreo na mná. In ionad chuma na fulaingthe a bhí air go díreach roimhe sin, b'fhear é anois de réir a chosúlachta a bheadh ag iarraidh aird na mban a tharraingt air féin.

'Hóra, a stóirín ó! An leat féin atá tú i do chónaí, nó le do thuistí? Ní dóigh go bhfuil mórán acmhainn grinn ionat, cibé ar bith! Nó an bhfuil, a stór mo chroí? Chuala tú caint ar an rud aduain seo a dtugann siad "acmhainn grinn" air, nár chuala, a stóirín ó? Á, mo léan géar, is léir nár chuala. Ceart go leor, ceart go leor, ní abróidh mé dada eile, má tá tú le bheith chomh dúnárasach sin. Ach, fan nóiméad, a stóirín, b'fhéidir gur mhaith leat *The Ballad of Sally Rose* a chloisteáil uaim? Beidh tú sona sásta leis sin, mise á rá leat; beidh tuilleadh á lorg agat, fan go bhfeicfidh tú. Seandraíocht *Gran Ole Opry* Nashville, Tennessee, mórtheampall an cheoil *country*, a chroí; ní féidir é a bhualadh. Ná habair liom nach raibh sé sin ar eolas agat? Á, ná habair liom sin, a "Mhister Morrisson".'

Bhain dánacht Jackson siar as Boris an Bháis. D'ardaigh Madame Singh a dorn chun é a bhualadh.

'Fan nóiméad, le do thoil, fan. Nuair a bheidh mise críochnaithe, beidh tusa in ann amhrán a ghabháil freisin. Céard faoi *Jailhouse Rock,* nó port éigin eile ar an dul sin? Nár bhreá uait a leithéid?'

'Ar mhaith leat go múinfinn ceacht ceart dó, a Mhadame Singh?' a d'fhiafraigh Boris an Bháis. Fág agam é ar feadh ceathrú uaire an chloig agus feicfidh tú cé mar a cheansófar é. Bhainfinn an-taitneamh go deo as é a chiceáil thart ar feadh scaithimh.'

'Ná bíodh aon imní ort faoi sin,' arsa Jackson. 'Nuair a chaithfear isteach sa phríosún is measa sa dufair seo thú, molfaidh mé don ghobharnóir tú a chur ar an bhfoireann peile. Chuile sheans go bhféadfaí úsáid a bhaint as do chloigeannsa in ionad liathróide ach, céad faraor, ní móide go mbeadh sé sách toirtiúil.'

Ba ag an bpointe sin a lig Madame Singh béic bheag aisti:

'Féach thall! Tá pigmithe Choill Ituri tagtha, go díreach mar a gheall siad.'

Ar thaobh an bhealaigh, nocht grúpa bundúchasach faoi sholas na jípeanna. Ní raibh níos mó ná airde cheithre troithe go leith i nduine ar bith acu. Bhí sceana, boghanna agus saigheada á n-iompar acu.

'Le breacadh an lae amárach tabharfaidh siadsan muid go dtí sliabh ar a bhfuil na goraillí atá uainn!' a mhaígh Madame Singh go dúthrachtach.

' ... A ceathair, a cúig, a sé ... agus a seacht!' a dúirt Jackson de bhéic. 'Ní chreidim é – a leithéid seo de chomhtharlú!'

D'fhéach an bhean agus a cuid comhghleacaithe air go fiosrach.

Faoi dheireadh bhris ar fhoighid Bhoris an Bháis. 'Cén comhtharlú atá i gceist agat?' ar sé.

'Is duine mise a bhí tugtha riamh do scéal an tseachtair abhac. Ach nach é an trua Mhuire é nach bhfuil aon Ghilín Sneachta againn. Níl againn anseo, céad faraor, ach an Chailleach Ghránna.'

---

ceansaigh *tame* • pigmithe *pygmies* • bundúchasach *native inhabitant*
boghanna *bows* • saigheada *arrows* • dúthrachtach *zealously* • foighid *patience*
comhtharlú *coincidence* • abhac *dwarf* • Gilín Sneachta *Snow White*

8

Dhúisigh Tónaí de gheit. D'fhéach sé ar a uaireadóir. A ceathair a chlog ar maidin!

Cnag ciúin ar dhoras a sheomra i mBanríon na gCaisearbhán a chuir ina dhúiseacht é.

Agus ionadh an domhain air, las Tónaí an lampa a bhí in aice lena leaba, chuir air fallaing sheomra a bhí crochta ar an mballa agus d'oscail an doras. Goldie a bhí ann.

Bhí pitseámaí de shíoda dearg á chaitheamh aici. Agus bhí an miongháire úd ar a béal a bhí feicthe ag Tónaí cheana féin, miongháire a chuir clúmh chúl a mhuiníl ina cholgsheasamh. Chuir sí méar ar a béal le tabhairt le fios dó gan labhairt os ard.

'Heileo, a Tónaí!' a deir sí de chogar. An chaoi ar shiúil sí chuige, shílfeá go raibh aithne na mblianta aici air. Thug sí dhá phóg dó, ceann ar gach leiceann. Mhothaigh sé cumhracht fanaile uirthi ...

Bhí Tónaí buíoch as an mbreacdhorchadas. Sa chaoi sin, ní fheicfeadh sí go raibh a aghaidh tar éis iompú chomh dearg le tráta. 'Céard is brí leis seo go léir?' ar seisean leis féin, a chroí ag preabadh ina

---

fallaing sheomra *dressing gown* • pitseámaí *pyjamas* • clúmh *hair*
colgsheasamh *standing up* • cumhracht fanaile *scent of vanilla*
breacdhorchadas *half-light*

chliabh. Ó, an loinnir a bhí ina súile sa bhreacdhorchadas céanna!

Nuair a bhain sé Banríon na gCaisearbhán amach tamall roimhe sin cuireadh céad míle fáilte roimhe. Fear ard caol, seasca bliain d'aois – ach a raibh cuma níos óige air – a bhí san Ollamh Severing. Chaith sé go han-chairdiúil le Tónaí agus thug cuireadh dó suipéar a ithe in éineacht leis féin agus le Goldie.

Nuair a chuaigh an tOllamh amach le treoir a thabhairt do lucht na cistine, dúirt Goldie: 'Is feoilséantóir é m'athair, bíodh a fhios agat! Tá oiread sin cion ar na hainmhithe aige nach mbeadh sé in ann iad a ithe. Agus ní ligfeadh sé d'aon duine aon sórt drochíde a thabhairt dóibh. Creideann sé go gcothaíonn ciapadh agus marú ainmhithe easpa measa ar an mbeatha i gcoitinne, an bheatha dhaonna san áireamh, agus go ndéanann sé níos éasca don duine é a chineál féin a chiapadh agus a mharú. Maidir le ceist na feola, tá mise ar aon intinn leis – ach déanaim eisceachtaí ó am go chéile. Ach ós rud é nach fanaicigh muid sa teach seo, is féidir leat do rogha bia a bheith agat agus gan a bheith cúthail faoi. Na cuairteoirí a thagann anseo is daoine iad, a bhformhór, a itheann chuile shórt.'

'Íosfaidh mé an rud céanna libhse,' a dúirt Tónaí. Agus rinne sé amhlaidh.

Chuir an tOllamh ceisteanna air faoi féin agus faoina chairde. Rinne sé iarracht ar Tónaí a chur ar a shuaimhneas, ag rá leis go raibh an tír uile ag cur thar maoil faoin am seo le saighdiúirí agus le póilíní, agus go mbéarfaí go luath ar lucht a bhfuadaithe.

Tháinig imní orthu araon – an t-athair agus an

---

feoilséantóir *vegetarian* • fanaicigh *fanatics* • cúthail *shy*

iníon – nuair a mhínigh Tónaí dóibh a raibh ar eolas aige faoin saghas lastais a bhí á iompar ag an Fairchild. Bhí fonn ar Goldie dul chuig an eitleán láithreach le fóirithint ar na hainmhithe, ach de réir mar a thug an Captaen Tambo le fios do Tónaí, bheadh aire á tabhairt dóibh ag na *rangers* a bhí i bhfeighil an eitleáin.

'Iad a scaoileadh saor ar an toirt, sin an rud is cóir dóibh a dhéanamh leo,' arsa an cailín os ard. 'Sin an t-aon chaoi chun leath acu a shábháil ón mbás. Ní féidir le haon ainmhí maireachtáil i ngéibheann, go mór mór na hainmhithe bochta sin ar sracadh as a dtimpeallacht dhúchais iad cúpla lá ó shin.'

Bhí sí níos dathúla ná riamh – 'gile a snua' agus a 'súile ag drithliú ar nós na réaltaí' na focail a rith le Tónaí. Ach ní dúirt sé os ard iad. Dá gcloisfeadh sé a leithéid de ráiteas i mbéal aon duine eile ba chinnte go gceapfadh sé gur ag rámhaille a bhí sé.

'Caithfear cloí leis an dlí i gcónaí, a Goldie,' arsa a hathair. 'Labhróidh mise le cibé duine is gá le cinntiú nach mbeidh na hainmhithe ag fulaingt.'

Ansin, cheistigh sé Tónaí faoin gcúrsa ríomhaireachta a bhí á dhéanamh aige. Labhair siad faoin idirlíon, faoin gcibearspás, faoin réaltacht shamhalta agus faoi na forbairtí eile a raibh an t-aonú céad is fiche á múnlú acu. Fionnachtana ba ea iad a d'idirdhealódh an aois atá romhainn ó chuile aois dá raibh ann go dtí seo, dar leo – fiú mura mbeadh i gceist ach na hathruithe seo amháin.

Bhí siad ina suí i seomra bia mór na feirme, seomra a bhí maisithe le hornáidí agus le healaín na hAfraice. Bhí an tOllamh ag iarraidh a fháil amach céard a cheap Tónaí de Kinshasa. Bhí na daoine

---

fóirithint *rescue* • ar an toirt *immediately* • snua *complexion* • drithliú *sparkling*
rámhaille *raving* • cibearspás *cyberspace* • réaltacht shamhalta *virtual reality*
forbairtí *developments* • fionnachtana *discoveries* • idirdhealaigh *differentiate*
ornáidí *ornaments*

deas cairdiúil. Go deimhin féin, ba mhinic iad thar a
bheith lách. Ach, i dtéarmaí ginearálta, ní raibh meas
rómhór ag an ógánach ar an gcathair. B'áit í ina raibh
póilíní tíoránta in ann turasóirí a chur faoi ghlas
díreach de bharr grianghraif a ghlacadh. Agus, de réir
dealraimh, ní raibh duine ar bith ann chun smacht a
choinneáil ar na póilíní seo.

Tharla nár íocadh fostaithe an stáit le fada, bhí
cairn mhóra salachair agus bruscair le feiceáil sna
ceantair bhochta. Bhí na cairn sin beo le francaigh
mhóra ramhra, iad ag rith anonn is anall agus iad lofa
le seadáin. Dúirt Sivilles go ndúradh leis go raibh
cásanna den phlá bhúbónach ann cheana féin sa
chathair. Ach a mhalairt ar fad a bhí fíor maidir leis
na ceantair ina raibh cónaí ar na daoine saibhre. Bhí
chuile shórt glan agus slachtmhar ansin, agus gardaí
armtha á gcosaint.

Bhí tuairim an Ollaimh Severing ag teacht le
léargas Tónaí. Mhínigh sé gurb í an tSáír an tír ba
mhó de thíortha na hAfraice ina bhféadfaí an-dul chun
cinn a dhéanamh. Ach, céad faraor, ag an am céanna
bhí sí ar cheann de na tíortha ba bhoichte ar
domhan. Ba é 100 dollar in aghaidh na bliana
meánteacht isteach mhuintir na Sáíre. Bhí fógartha
ag an mBanc Domhanda go bhfuil gach duine a
shaothraíonn faoi bhun 370 dollar in aghaidh na
bliana beo bocht.

Thuig Tónaí go maith an méid a bhí á rá ag an
Ollamh leis. B'ógánach stuama é ar mhian leis cur
amach a bheith aige ar an domhan ina raibh cónaí
air. Léadh sé na nuachtáin gach maidin in Aerlíne
Charn D'Olla. B'ógánach é, freisin, a bhí an-tugtha do
Chainéal 33, cainéal teilifíse sa Chatalóin ar a

lách *affable* • tíoránta *tyrannical* • plá bhúbónach *bubonic plague* • an tSáír *Zaire*

dtaispeántar neart clár antraipeolaíochta agus míoleolaíochta.

Bhain an tOllamh an-sásamh as a bheith ag caint leis an ógánach seo, a bhí chomh cliste agus chomh héirimiúil lena iníon féin.

'Ní áibhéil ar bith a rá go bhfuil an tír seo tiontaithe anois ina carn ollmhór aoiligh,' a dúirt sé. 'Tá na muiscítí maláire níos fairsinge ann ná mar a bhí riamh cheana, gan trácht ar fhrídíní an fhiabhrais bhric ná ar na cuileoga seitse a scaipeann galar an tsuain. Tá an víreas Ebola ann agus an t-uafás daoine a bhfuil SEIF orthu. Gan ach Kinshasa amháin a lua, faigheann breis agus míle duine bás in aghaidh an lae ansin de bharr galar. Tá sé feicthe agat féin gan amhras go mbíonn na mílte ógánach faoi bhun cúig bliana déag d'aois ag faoileáil thart i Kinshasa gan baile ná dídean acu.'

'Ach is tír shaibhir í an tSáír ina dhiaidh sin féin, bíodh is nach bhfeiceann ach buíon bheag bhídeach an saibhreas céanna. Smaoinigh go ndéantar gnó ar fiú 15 milliún dollar é in aghaidh na seachtaine in Mbuji-Mayi, baile abhus a dtugtar 'cathair na ndiamant' air. Samhlaigh: 300 milliún dollar in aghaidh na bliana, ar an meán! Agus féach an cruth dearóil atá ar an mbaile úd ag an am céanna! Is geall le cathair mheánaoiseach í ó thaobh áiseanna de, gan uisce inólta ann, gan leictreachas, gan ospidéil; níl fiú is teileafón poiblí amháin ann. Tubaiste amach is amach! Agus, mar bharr ar an donas, tharla círéibeacha uafásacha ann faoi dhó tamall ó shin. Dúradh ag an am gur baiclí ón arm agus ó na póilíní a bhí i mbun na bruíne. Ní haon ionadh sceimhle a bheith ar an bpobal! Is cinnte go bhfaca tú na barraí iarainn ar fhuinneoga na siopaí.'

---

antraipeolaíocht *anthropology* • áibhéil *exaggeration*
muiscítí maláire *malaria mosquitoes* • fiabhras breac *typhoid fever*
víreas *virus* • SEIF *AIDS* • faoileáil *wandering* • dídean *shelter*
dearóil *miserable* • inólta *drinkable* • círéibeacha *riots* • bruíon *skirmish*
sceimhle *terror*

'Uch, a leithéid de phraiseach! An é seo toradh an neamhspleáchais, mar sin?'

'Déarfainn féin gur toradh é ar easpa daonlathais, seachas rud ar bith eile. Ar feadh na mblianta fada cheap rí na Beilge gur leis féin an tír seo. Nuair a d'imigh na Beilgigh, bhí na bundúchasaigh fágtha gan cur amach dá laghad acu ar stát a riar. Coinníodh aineolach ar fad iad le linn réimeas na gcoilíneach. Smaoinigh nach raibh siad i dteideal céim níos airde ná céim sáirsint a bhaint amach san arm, gan trácht ar a bheith ag dréim le bheith ina n-innealtóirí, ailtirí, dochtúirí, breithiúna, dlíodóirí, agus mar sin de. Cuireadh ar leataobh, lena rá ar an mbealach is béasaí, an dream ab ábalta agus ab fhiúntaí nuair a tháinig an lucht ceannais atá ann faoi láthair agus a gcomhghleacaithe idirnáisiúnta i gcumhacht.'

'Tá cúrsaí chomh dona sin anois go bhfuil cumha i ndiaidh laethanta na coilíneachta, maille le hord agus eagar na tréimhse úd, ar go leor de na bundúchasaigh abhus. Caithfidh siad ithe, caithfidh fáil a bheith acu ar chlinicí, agus mar sin de. Tuigeann tú a bhfuil á rá agam.'

'I bhfocail eile, b'fhearr leis na sclábhaithe filleadh ar laethanta na slabhraí agus an chillín nuair a bhíodh, ar a laghad, bia, dá shuaraí é, ar fáil go rialta acu gach lá.'

'An dream nach mian leo filleadh ar na seanlaethanta, ach ar mian leo dul chun cinn a dhéanamh, tá súil acu go ndúiseoidh an tír ón tromluí seo lá éigin. Agus cén fáth nach ndúiseodh? Tá súil agamsa freisin go mbeidh deireadh leis an deachtóireacht, luath nó mall, agus go mbeidh muintir na Sáíre féin in ann an tír a chur ar a cosa

praiseach *mess* • daonlathas *democracy* • aineolach *ignorant*

arís. Agus, nuair a thiocfaidh an lá sin, tá súil agam go mbeidh tacaíocht le fáil ó na heagraíochtaí idirnáisiúnta ar mian leo fíorchabhair a thabhairt, seachas an dream úd nach bhfuil uathu ach cos a fháil thar thairseach isteach agus a bhfuil d'ollmhaitheas againn anseo a shú asainn.'

Bhain Tónaí an-taitneamh as an oíche. D'fhoghlaim sé neart. Ach cad chuige an chuairt seo gan choinne ó Goldie? Ar a ceathair a chlog ar maidin!

'Céard is brí leis seo?' ar seisean arís leis féin.

Ní raibh tuairim faoin spéir aige céard a bhí ar siúl. An t-aon rud a raibh sé cinnte faoi ná nach nglanfadh sé a aghaidh an mhaidin dár gcionn ionas nach gcaillfí rian phóga an chailín úd.

Labhair Goldie ansin. Bhí meangadh gáire na diabhlaíochta ar a béal, amhail is dá mbeadh sí ag baint spraoi as ciotaí Tónaí:

'A Tónaí, an dtiocfaidh tú liomsa nóiméidín?'

'Rachainn áit ar bith leat!' a dúirt an Tónaí nua seo; an sean-Tónaí níor labhair sé riamh go dúthrachtach faoi rud ar bith.

'Buail ort do chuid éadaigh anois díreach mar sin. Ullmhaigh tú féin le haghaidh siúlóid tríd an dufair, más gá, agus beir leat éadach trom. D'fhéadfadh sé a bheith an-fhuar san áit ar a bhfuil ár dtriall. Tá mise chun mé féin a ghléasadh anois freisin.'

'Ach, cén áit a bhfuilimid ag dul?'

'Éist! Labhair os íseal ... Feicfidh tú go luath. Nach bhfuil aon mhuinín agat asam?'

Agus nuair a d'oscail seisean a bheola chun labhairt arís, dhún sise iad le póg bhog sciobtha. Amach léi, a cuid pitseámaí ag siosarnach go síodúil.

---

tairseach *threshold* • ollmhaitheas *riches* • diabhlaíocht *devilment*
ciotaí *embarrassment*

Cúig nóiméad ina dhiaidh sin, agus é leathghléasta, thug Tónaí faoi deara go raibh sé tar éis stocaí de dhathanna éagsúla a chur air féin. Bhí a gheansaí droim ar ais air.

'Tóg go bog é, a Tónaí,' a dúirt sé leis féin. 'Dá bhfeicfeadh Sivilles agus Jackson anois mé nach mise a bheadh i mo staicín áiféise acu! Uch, céad faraor nach bhfuil siad anseo le bheith ag magadh fúm!' Mhúch an smaoineamh sin cuid bheag den chorraíl a bhí ann.

Tháinig Goldie ar ais agus í go hiomlán réidh. Bhí Mik-Mik, an simpeansaí, in éineacht léi.

'Ar aghaidh linn, a Tónaí!' a dúirt sí.

'Óra, a Goldie, nach féidir leat insint dom céard atá ar siúl againn?' ar seisean, agus iad ag dul amach chuig an ngairdín. Bhí an oíche fós chomh dubh le pic.

'Éist, labhair níos ísle. Tá daoine fós ina gcodladh sa teach!'

'D'athair, cur i gcás; céard a cheapfadh seisean den chéapar seo go léir?'

'Ceapann tusa gur óinseach mé, a déarfainn!'

'Cén tslí a bhféadfadh rud mar sin a dhul trí m'intinn, a Goldie? Is é an rud is nádúrtha ar domhan é dul amach gan fios do thrialla agat ar a ceathair a chlog ar maidin. Déanaim féin é gach lá, go mór mór san Afraic!'

Thosaigh siad araon ag gáire.

'Bhfuil a fhios agat nach bhfuil m'athair sa teach ar chor ar bith, a Tónaí? Dúirt sé liom aréir go mbeadh sé ag fágáil timpeall a trí a chlog ar maidin. Tá sé féin agus Kemba imithe sa jíp, chomh fada le Beni. Beidh héileacaptar rompu ansin agus rachaidh

---

staicín áiféise *object of derision* • simpeansaí *chimpanzee*

siad go campa teifeach i Ruanda ann. Is dochtúir leighis é m'athair chomh maith. D'eagraigh sé clinic sa tír sin le cabhair ó mhisinéirí Mháthair Astrid, bean rialta as an ngnáth, bean shíodúil atá chomh crua le hiarann ag an am céanna. Téann m'athair ann dhá uair in aghaidh na seachtaine. Is iondúil go mbíonn Kemba ina theannta. Ach tuigim go bhfuil tú ag éirí mífhoighneach toisc nach bhfuil a fhios agat fós cá bhfuil ár gceann scríbe. Bhuel, ar dtús, caithfimid jíp eile a fháil.'

Bhí cúpla feithicil páirceáilte in aice gheata na feirme. Isteach le Goldie i gceann acu. Chuir sí an t-inneall ar siúl.

'Cén mhoill atá ort? Suas leat a Tónaí; tá Mik-Mik istigh ann cheana féin.'

Thug siad aghaidh ar an mbealach siar ó thuaidh. Bhí an tír faoi dhorchadas na hoíche, ach las soilse an jíp an tslí rompu. Ar ámharaí an tsaoil, ní raibh an bealach faoi bhrat láibe um an dtaca seo. I measc an fhásra thiubh ar chuile thaobh den bhóithrín, chonaic siad súile na n-ainmhithe coille ag lonrú, iad scanraithe ag torann an jíp.

Ag teacht di as casadh sa bhóthar, stop Goldie an jíp go tobann. Bhí ainmhí ina staic i lár an bhóthair. Bhí sé réasúnta beag agus bhí starrfhiacla móra lúbtha aige. Ag féachaint go díreach orthu a bhí sé ach gan iad a fheiceáil, é dallta go hiomlán ag na soilse.

'Torc!' a bhéic Tónaí.

Ní raibh ann ach torc na bhfaithní, ainmhí dúchasach na háite. Mhúch Goldie na soilse ar feadh meandair. Nuair a las sí arís iad, bhí an t-ainmhí imithe. Bhain Mik-Mik an-spraoi ar fad as an eachtra. Bhí sé sna trithí gáire i gcúlsuíochán an jíp.

---

torc na bhfaithní *wart-hog* • meandar *a while* • trithí *fits of laughter*

Ní raibh an talamh anseo chomh cothrom agus a bhí sé sa sabhána. I dtreo dhlúthdhufair na n-ardchríoch a bhí siad ag taisteal anois. Ón áit sin d'fhéadfaí carraigeacha móra starragánacha a fheiceáil faoi lagsholas ghrian an mhaidneachain. Ba éard a bhí sna carraigeacha úd bunchnoic mhórshléibhte bolcánacha Virunga.

'An bhfeiceann tú an dufair thall, a Tónaí? In áiteanna mar sin, dufairí arda Shléibhte Ruwenzori agus anseo ar Shléibhte Virunga, atá fáil ar na goraillí deireanacha ar domhan. Is anseo a maraíodh Dian Fossey, an míoleolaí, a raibh an oiread sin cion aici orthu agus a rinne an-chuid staidéir orthu. Ba bhean an-chróga í. Maraíodh í mar bhíodh na goraillí á gcosaint aici. Ní ligeadh sí do na póitseálaithe dul in aice leo.'

'Chonaic mé scannán fúithi. Sigourney Weaver a bhí i bpáirt Dian.'

'Más mian leat tabharfaidh mé an leabhar a scríobh sí ar iasacht duit; tá an teideal céanna air agus a bhí ar an scannán: *Goraillí sa Cheo*. Ach tá an leabhar i bhfad níos suimiúla ná an scannán. Fíorghoraillí atá faoi thrácht ann, seachas cinn phlaisteacha nó neacha a cumadh le ríomhaire!'

Tháinig stad beag sa chomhrá. Bhí an jíp ag treabhadh leis go spadánta in aghaidh mala a raibh a chosúlacht uirthi nach mbeadh deireadh go deo léi. Mhothaigh Tónaí an airde ag brú ar thiompán na gcluas aige. Bhí fuinneoga an jíp dúnta acu anois leis an bhfuacht a choinneáil amach. Bhí sé ag éirí níos fuaire i rith an ama.

'Goldie,' arsa an Tónaí nua, agus an jíp ar an mbealach suas i gcónaí. 'Tá a fhios agamsa go maith

dlúthdhufair *dense jungle* • starragánach *projecting*
maidneachan *early morning* • bolcánach *volcanic* • póitseálaithe *poachers*
neacha *creatures* • spadánta *sluggish* • mala *incline*

nach duine gan chiall tú, bíodh a fhios sin agat. Agus fiú dá mba ea, rachainnse, ar neamhchead na céille, go deireadh an domhain leat!'

'Ó, nach deas iad na cainteanna atá ag an ógánach seo!' ar sise. Agus gan a súil a bhaint den bhealach, thug sí póg thapa dó ar a leiceann. 'An bhfuil a fhios agat go bhfuil tú an-chosúil le Tom Cruise?'

Agus Tónaí fós faoi dhraíocht na póige úd, d'airigh sé géaga gruagacha ag cuimilt chúl a mhuiníl, agus an phóg a fuair sé ansin níorbh é an cineál é go baileach a chuirfeadh néal aoibhnis ort.

Fad is a bhí an stócach ag glanadh rian phóg an tsimpeansaí le lámh amháin agus ag iarraidh an moncaí a choinneáil uaidh leis an lámh eile, dúirt Goldie:

'Ba chóir duit a bheith sásta. Ní thabharfadh sé póg do chuile dhuine. Is léir go réitíonn tú go maith leis!'

'Is maith liomsa eisean chomh maith, ach go fóill b'fhearr liom nach rachadh ár gcion ar a chéile thar chroitheadh láimhe, más féidir sin!'

'A Tónaí, tá rud agam le rá leat. Is dea-scéal é. Shíl mé gurbh fhearr é a rá leat agus muid ar ár mbealach sa jíp. Creideann na *rangers* go bhfuil a fhios acu cá bhfuil do chairde agus a gcuid fuadaitheoirí. Tá siad anseo i gcúige Kivu.'

'Cééeeeeaard?'

'Ghlaoigh an Captaen Tambo orainn díreach tar éis do m'athair imeacht, agus d'iarr sé orm an nuacht a thabhairt dó.'

'Ach céard atá á rá agat?'

'Go díreach an méid atá ráite agam!'

---

géaga gruagacha *hairy limbs* • fuadaitheoirí *abductors*

'Thar cionn más ea! Ach cá bhfuil siad, go baileach? Ba bhreá liom dul ann.'

'Tá a fhios agam gur mhaith leat; tá a fhios agam sin. Agus cén áit a bhfuil ár dtriall anois, dar leat? Cá bhfuil do chara Goldie do do thabhairt? Creidtear go bhfuil siad sa taobh seo de Shléibhte Virunga.'

'A Goldie, an tusa mo chara i ndáiríre?'

'Cinnte! Agus, más mian leat é, thiocfadh linn araon dearna na láimhe deise a ghearradh anois le miodóg, ár lámha a chur le chéile ansin agus ár gcuid fola a mheascadh ... ainneoin gur rud dainséarach é sa lá atá inniu ann.'

Tháinig fonn mór air í a phógadh agus barróg a bhreith uirthi. D'éirigh leis póigín a thabhairt di ar thaobh a muiníl chumhra.

'Céard atá ar siúl agat? Éirigh as anois díreach! Agus mise ag ceapadh gur duine ciúin cúthail a bhí ionat. Ná déan é sin arís!'

'Agus is duine cúthail mé,' ar seisean, de ghlór múchta.

Thug sí féachaint i leataobh air, gan a súil a bhaint den bhóthar.

'Ach nach dtuigeann tú go bhféadfaimís imeacht le haill. Chuile rud ina am cuí féin, a bhuachaill, mar a deir an Bíobla linn!'

---

dearna *palm of hand* • miodóg *dagger* • barróg *embrace*

9

Bhí deargthóir ar ghoraillí ar siúl ag na pigmithe a bhí fostaithe mar threoraithe ag Madame Singh. D'oscail siad bealaí dóibh féin tríd an dufair lena gcuid maiséad. An cur chuige a bhí acu ná na leapacha ina gcaitheadh na goraillí an oíche a aimsiú. Caitheann goraillí cuid mhaith ama gach oíche ag ullmhú na leapacha úd go cúramach le féar agus le duilleoga.

Ag an am céanna bhí an lorg a d'fhág na hainmhithe sa talamh thais á scrúdú acu. Baineann goraillí úsáid as a gceithre lapa le bogadh ó áit go háit, de ghnáth. Nuair a stopann siad, is minic lorg ailt an lapa thosaigh fágtha sa chré ina ndiaidh. Ach ba leid é chuile shórt do na pigmithe sin: stoth fionnaidh i bhfostú i sceach dheilgneach éigin (bíonn fionnadh níos tibhe ar ghoraillí seo na n-ardbheann mar chosaint in aghaidh an fhuachta ná an fionnadh a bhíonn ar a macasamhail a chónaíonn thíos níos gaire don sabhána); leid eile ná píosa leathite bambú (itheann na goraillí na buinneáin) nó lus na smaileog, a itheann siad mar a bheadh milseán ann.

---

deargthóir *hot pursuit* • maiséad *machete* • lapa *paw* •stoth fionnaidh *tuft of fur*
i bhfostú *entangled* • sceach dheilgneach *prickly thornbush* • fionnadh *fur*
tibhe *thicker* (tiubh) • buinneáin *shoots* • lus na smaileog *wild celery*

Agus iad ag bogadh ar aghaidh i gcoinne na gaoithe sa chaoi is nach mbraithfí ar a mboladh iad, níorbh fhada gur tháinig na pigmithe ar theaghlach iomlán goraillí: fireannach agus beirt bhaineannach ina theannta, óir cleachtann an goraille polagamas. Bhí an choirt á stróiceadh as stoc crainn lena giall íochtarach ag ceann de na baineannaigh. Feithidí a bhí á lorg aici. Agus iad aimsithe aici, thugadh sí don ghoraille óg iad le hithe. Ba léir ar a chosúlacht seisean go raibh sé ag baint lántaitnimh astu ... Ní bheadh thar seacht mí slánaithe ag an gceann óg seo, dar leis na pigmithe.

Bhí obair an teaghlaigh á roinnt ag na baineannaigh: seadáin á mbaint go cúramach as fionnadh an fhireannaigh ag ceann acu. Ba léir ar dhath airgid a dhroma gur fireannach a bhí sa ghoraille úd a bhí sínte amach go sámh béal faoi. Bhí an baineannach eile achar gairid uathu agus í ag ullmhú leaba na hoíche.

Ansin, go díreach nuair a bhí aird an bhaineannaigh dírithe go hiomlán ar fhionnadh an fhireannaigh a ghlanadh agus an ceann óg fágtha leis féin cúpla slat taobh thiar di, thug beirt de na pigmithe ruathar faoin gceann óg chun greim a fháil air.

Ní raibh sé ródheacair dóibh: thug duine de na pigmithe buille dá dhorn dó chun néal a chur air sa chaoi is nach nglaofadh sé ar a mháthair. D'oscail duine eile mála. Sháigh siad isteach é ar luas lasrach. Theith siad leo go beo ansin an bealach céanna ar tháinig siad ar an láthair.

Bhí Land Rover de chuid Mhadame Singh an-chóngarach dóibh ... go díreach ar chiumhais na

---

polagamas *polygamy* • coirt *bark* • giall *jaw* •ruathar *dash* • ciumhais *edge*

dufaire, é páirceáilte gar do chlais dhomhain bholcánach. I suíochán tosaigh an jíp bhí fear an T-léine Mick Jagger; an fear eile a raibh an leasainm Amas Cruinn air a bhí ag tiomáint. Sna cúlsuíocháin, iad ceangailte d'iarann íochtar na suíochán, bhí Sivilles agus Jackson.

'Tá éirithe leis na diabhail abhaic!' arsa Amas Cruinn go grod. 'Féach, seo chugainn ar nós na gaoithe iad agus mála acu. Déarfainn féin go bhfuil goraille ann, an goraille sin a bhí de dhíth ar Mhadame Singh!'

'Dúisigh an t-inneall sin go beo mar sin! Déarfainn féin go bhfuil na goraillí sa tóir orthu!'

D'fhág na pigmithe an mála beag in aice leis an jíp. Bhí an goraille beag ag lúbarnaíl go fánach ann agus é ag screadach i mbarr a ghutha. B'amhas, nó saighdiúir tuarastail, é Amas Cruinn tráth. Bhí sé páirteach i gCogadh Katanga agus thuig sé an tSvahaílis, teanga na bpigmithe.

'Anois an rud a bhí uaibh, a fheara bána, tá sé agaibh ach bainigí as an áit seo láithreach bonn. Beidh máthair an ghoraille chugaibh nóiméad ar bith.'

Leis sin, d'imigh siad leo de rite reaite isteach sa dufair.

'Á, deir siad go dtiocfaidh an mháthair, arbh in é an scéal?' arsa an ball úd de chlub leanúna Mick Jagger nuair a mhínigh Amas Cruinn dó an méid a bhí ráite ag na pigmithe, le linn dó an mála a chur ar raca bagáiste an jíp. 'Go breá! Má thagann féin, cár mhiste! Nach mbeadh cúpla punt breise le gnóthú againne dá bharr? Tá aithne agamsa ar fhear in Góma a bheadh lánsásta muid a íoc as cloigeann goraille eile a chur ar fáil dó. Gan trácht ar an gceithre

---

clais *pit* • amhas *mercenary* • raca bagáiste *baggage rack*

90

lapa! Déantar luaithreadáin astu siúd. Bíonn an-tóir
ag turasóirí saibhre orthu, daoine ar cuma sa riach
leo faoin imshaol agus faoin éiceolaíocht.'

'Ná déanaigí aon rud amaideach!' a dúirt Jackson
leo. 'An uair dheireanach a bhí mise anseo, dúradh
rudaí scanrúla liom faoi neart na ngoraillí nuair a
mhothaíonn siad iad féin agus a gcuid faoi bhagairt.
Ainmhithe thar a bheith síochánta atá iontu go
hiondúil. Ach nuair a airíonn siad go bhfuil siad faoi
ionsaí imíonn siad fiáin ar fad. Dá bhfaighidís greim
ort, stróicfidís i do cheithre chuid thú agus
dhamhsóidís ar a mbeadh fágtha díot. Agus ná
ceapaigí go mbeimid slán sábháilte anseo taobh
istigh den Land Rover. Bíonn meáchan 300 cileagram
sna goraillí céanna de ghnáth agus neart deichniúir
fear lena chois sin. Amach go beo linn as seo. Is
dufair cheart í an áit seo agus ní chloisfear aon bhéic
ó aon Tarzan agus é ag teacht i gcabhair ar na
bwanaí!'

'Dún do chlab, a chladhaire!' arsa fear na T-léine
agus léim sé as an jíp, a *kalashnikov* ina lámh aige.
'Is maith atá a fhios ag an saol nach n-itheann goraillí
aon rud seachas plandaí agus nach ndéanann siad
dochar d'aon duine!'

'Is fíor é sin nuair nach gcuirtear isteach orthu,
mar a dúirt mo chomrádaí leat, a amadáin!' a bhéic
Sivilles, nach raibh in ann é féin a choinneáil faoi
smacht níos mó. Bhuail Amas Cruinn lena uilleann
san aghaidh é, agus d'fhógair:

'Tá tusa ag dul thar fóir anois, a bhrogúis!'

Ag an bpointe sin go díreach, agus gan aon torann
roimh ré a thabharfadh rabhadh do mhuintir an jíp,
scaradh an fásra. Le huallfairt uafásach chaointe a

---

luaithreadáin *ashtrays* • riach *devil* • imshaol *environment* • éiceolaíocht *ecology*
brogús *sour-puss* • uallfairt *howl*

chas go tapa ina búiríl feirge, léim an mháthair-ghoraille amach. Is é sin le rá, gur phreab meall mór d'fhionnadh coilgneach amach os a gcomhair, dhá shúil dhearga ina ceann mar a bheidís ar lasadh, na fiacla móra scáfara á nochtadh aici.

Agus é ar crith le teann scéine, scaoil Mick Jagger a *kalashnikov* dhá uair, ach chuaigh na hurchair go hard os cionn an ghoraille, a léim agus a rug barróg mharfach ansin air.

De réir chomhairle na bpigmithe, ba chóir i gcónaí an fód a sheasamh os comhair an ghoraille, gan iarracht ar bith a dhéanamh ar theitheadh. Dá mbeifeá sách cróga chun é sin a dhéanamh, bheadh seans ann nach ndéanfadh an goraille ach bagairt ort. Ach anois, tharla go raibh an mháthair spréachta ar fad ní raibh seans dá laghad ann go sásódh comharthaí bagartha í.

Ar feadh soicind amháin, chonaic Sivilles agus Jackson an ropaire – nár feairín beag craptha ar chor ar bith é. Bhí sé leathchlúdaithe ag fionnadh an ghoraille, é ag scréachach le teann faitís agus a dhá dhorn mar a bheidís ag drumadóireacht ar chliabhrach an ainmhí.

Chuir an goraille críoch leis an taispeántas truamhéalach seo le hailp fhiáin amháin a d'fhág fear an *kalashnikov* gan chloigeann, beagnach. Ansin, d'fháisc sí tuilleadh é sa chaoi gur theagmhaigh cúl a mhuiníl leis na sála. Chuala na fir eile torann uafásach, ar nós adhmad tirim á scoilteadh, nuair a bhris an chnámh droma.

'Múscail an t-inneall sin, as ucht Dé,' a bhéic Sivilles.

Ach in ionad é sin a dhéanamh, nuair a chonaic

---

búiríl *bellow* • bagairt *threat* • spréachta *incensed* • cliabhrach *chest*
truamhéalach *pitiable*

Amas Cruinn go raibh an goraille ag teacht i dtreo an jíp, boladh a maicín sa mhála ar an raca bagáiste á fháil aici, léim sé amach agus thug do na boinn é.

Níor éirigh leis dul rófhada áfach. Díreach san áit nach mbeadh aon choinne leis, nocht goraille droimeann. Dheifrigh seisean tríd an bhfásra i measc stoic na gcrann ard, agus é ag rith, mar is dual do na hainmhithe seo, chun cabhrú lena chlann féin. Rug sé ar an ropaire.

Ar éigean a bhí am ag Amas Cruinn a bhéal a oscailt chun scréach a ligean nuair a bhasc an goraille a chloigeann in aghaidh crann banana. Ansin, dhírigh sé ar an Land Rover, a bhí á chroitheadh go fíochmhar ag an máthair cheana féin, agus thosaigh seisean i mbun na hoibre céanna.

Agus an suaitheadh a bhí á fháil ag an jíp, thosaigh sí ag bogadh i dtreo imeall na claise taobh léi. Bhí iarrachtaí mire á ndéanamh ag Sivilles agus Jackson ar iad féin a scaoileadh, fad is a bhí suaitheadh na ngoraillí á gcaitheamh ó thaobh amháin na feithicle go dtí an taobh eile.

'Níor shíl mé riamh go mbéarfadh droch-chríoch den chineál seo orainn!' a d'éirigh le Sivilles a rá.

'Céard atá i gceist agat le "den chineál seo"?'

'Breathnaigh tríd an bhfuinneog, a mhac. Nach bhfeiceann tú go bhfuilimid ar tí titim le fána, síos an chlais bholcánach sin … *Aistear go Lár an Domhain* le Jules Verne! Ní aimseofar go brách arís muid, a Slim!'

'Uch ochón, is léir dom anois gur féidir liom slán a fhágáil leis an airgead sin atá agam ort ó lá úd an óstáin in Kinshasa! Glacann tú le leithscéal ar bith chun éalú as do chuid dualgas!'

Bhí an jíp díreach ar tí titim le fána, nuair a scoir

---

droimeann *white-backed* • suaitheadh *shaking* • mire *desperate*

na goraillí go tobann den obair a bhí ar bun acu. D'éirigh leis an máthair rópa an raca bhagáiste a ghearradh, agus le caoineas an domhain, thóg sí amach an mála ina raibh a maicín. Stróic sí éadach an mhála. Léim meall beag fionnaidh amach as amhail is dá mbeadh sé á chaitheamh amach ag sprionga. Ghreamaigh sé dá mháthair agus lig sé éagaoin as a bhainfeadh deora as na clocha, fionnadh a mháthar á chuimilt go díocasach aige lena cheithre 'lámh'.

Nuair a bhí an goraille óg faighte ar ais acu, níor fhan a thuistí oiread agus soicind breise ar an láthair. D'fhill siad ar an dufair ar luas lasrach.

Agus iad beagnach bunoscionn de bharr an tsuímh inar chríochnaigh an jíp, thuig Sivilles agus Jackson go bhféadfadh an fheithicil titim dá ndéanfaí bogadh dá laghad.'

'Fiú má thagann tochas ort, ná smaoinigh ar tú féin a scríobadh, a Slim!'

'Ná tusa ach oiread, a Phep!' a d'fhreagair Jackson go croíúil.

'Cén fáth a ndeir tú sin?'

'Caithfidh go raibh seangáin bhána thuas ansin ar shíleáil an jíp, mar tá do ghualainn dheis beo leo chomh maith – agus tá siad ag máirseáil gan stad i dtreo do mhuiníl!'

Ag an am céanna go díreach bhí conbhua de shaghas eile ar fad ag treabhadh chun cinn gan stad, ag tarraingt ar an gcearn sin de Shléibhte Virunga ina raibh Sivilles agus Jackson. Buíon *rangers* a bhí ann. An Captaen Tambo a bhí i gceannas uirthi. Torann na n-urchar a scaoileadh i gcoinne na ngoraillí a threoraigh go dtí an áit cheart iad.

Ach níorbh iad siúd a shroich an fheithicil ar dtús.

caoineas *kindness* • tochas *itch* • seangáin *ants* • conbhua *convoy*

94

Bhí an jíp ina raibh Madame Singh agus fear na gnúise deirge chun tosaigh orthu. Nuair a chonaic sé gurbh iad siúd a léim as an jíp agus go raibh siad beirt ag tarraingt go díreach orthu, dúirt Sivilles:

'Coinnigh greim docht ort féin, seo chugainn Lánúin na Bliana arís. Le fírinne, airím uaim na goraillí. B'fhearr liom a bheith ag déileáil leo siúd, seachas leis an bpéire seo!'

'Abair é, a bhráthair! Ní bheadh a fhios agat, ach is cinnte nach gcuirfeadh sé as puinn don bheirt seo muid a chaitheamh le haill.'

'Ag brath ar cé acu a mheasann siad is féidir leo leas a bhaint asainn nó nach féidir!'

airím uaim *I miss*

10

Nuair a tháinig baicle an Chaptaein Tambo ar an Land Rover ina raibh Boris an Bháis agus comhropaire eile ag taisteal bhí an bheirt úd ag iarraidh é a cheilt san fhásra faoi chraobhacha, duilleoga agus sceacha.

'Géilligí láithreach do Mhaoirseoirí Fiadhúlra na Sáíre!' a bhéic Captaen na *rangers* trí mheigeafón. Ach thosaigh na ropairí ag scaoileadh orthu le *kalashnikov* agus le meaisínghunna. Le bleaist as teilgeoir gránáide ba bheag nár éirigh le duine acu smionagar a dhéanamh den jíp ina raibh an Captaen Tambo féin. Ach chuir aimsitheoir de chuid na *rangers* poill i rotha jíp na ropairí, sa chaoi is nach raibh siad in ann éalú. Thréig na ropairí an jíp. Chuaigh i bhfolach taobh thiar de charn de charraigeacha bolcánacha a bhí in aice láimhe. Ansin thosaigh babhta lámhaigh a mhair ar feadh i bhfad.

Idir an dá linn, bhí Madame Singh agus David Pelham tar éis Sivilles agus Jackson a shaoradh ón ngéarchéim ina raibh siad. Bheifí in ann úsáid a

---

baicle *gang* • fiadhúlra *wildlife* • smionagar *smithereens* • aimsitheoir *marksman*
babhta lámhaigh *shoot out* • géarchéim *crisis*

bhaint astu ar dtús mar ghialla agus, níos faide anonn, mar phíolótaí.

Bhí Madame Singh le báiní ar fad ar an ábhar gur thréig na pigmithe iad a luaithe agus a chualathas an chéad rois urchar; agus, thar rud ar bith eile, go raibh teipthe ar an mbuíon a bunchuspóir a bhaint amach – goraille óg a ghabháil. Chuir sí an teip sin síos do mhí-ábaltacht Mick Jagger agus Amas Cruinn. Ba í an phaidir a chuir sí lena n-anamacha ná:

'Amadáin chríochnaithe gan mhaith, gan rath! Murach gur mharaigh na goraillí iad, dhéanfainn féin an beart!'

'Bí cinnte de go roghnóidís féin na goraillí dá mbeadh an rogha sin acu!' a d'fhreagair Jackson.

Bhí sé féin agus Sivilles suite i jíp 'lánúin na bliana' faoin am seo agus iad ceangailte athuair. Thug fear na gnúise deirge féachaint fhíochmhar ar an Meiriceánach. Ach ní dúirt sé dada. Bhí cuma chráite thuirseach air, ach fós féin ní loicfeadh go brách ar a dhílseacht do Mhadame Singh. Ba bheag nár ghlac Sivilles trua dó.

'Fear bocht é a bhfuil a phort seinnte,' a dúirt Jackson faoina anáil.

'A Phep, éiríonn tusa róbhoigéiseach i gcónaí. Bí cúramach anois nó cuirfidh an fear bocht céanna piléar ionat!'

'Céard atá á rá agaibh?' a scréach Madame Singh. 'Níl aon chead agaibh labhairt eadraibh féin!'

'An é go bhfuil tú ag iarraidh go labhróimis leatsa, ab ea?' a d'fhiafraigh Jackson. 'Más amhlaidh atá, b'fhearr liomsa mo chomhrá a dhéanamh le crogall!'

Chuir an bhean a dorn isteach trí fhuinneog an jíp chun flíp san aghaidh a thabhairt dó. D'éirigh le

---

rois urchar *volley of shots* • loic *betray* • boigéiseach *soft-hearted* • piléar *bullet*
flíp *blow*

Jackson í a sheachaint. Níor bhac sí arís lena bhualadh. Labhair sí lena comhghleacaí:

'Tá súil agam go gcoinneoidh Boris an Bháis agus an t-amadán eile na *rangers* gnóthach sách fada le go mbeimidne in ann éalú!'

'An chomrádaíocht abú, a Mhadame!' arsa Sivilles. 'Bheadh leisce orm a bheith i mo leathbhádóir agatsa.'

Níor bhac sí le freagra a thabhairt air. Thug sí ordú do Pelham, a bhí taobh thiar den roth stiúrtha faoin am seo:

'Go dtí an t-aerfort linn, go tapa! Caithfimid a bheith ann roimh gach duine eile. Amach linn go brách as an áit seo. Tá mé bréan tuirseach cheana féin den tríú domhan seo! An bhfuil ár ndóthain peitril againn chun Antonov na n-amadán seo a chur ag eitilt?'

'Amadáin? Is tusa an óinseach i ndeireadh na dála,' arsa Jackson. 'Agus óinseach chorr lena chois sin! Ar mh'anam, dá bhfásfá féasóg d'fhéadfá páirt bhean na féasóige a ghlacadh sa sorcas gan stró ar bith. Nó, fiú amháin, bean na sceana, seachas gur sa droim a chaithfeása chuile scian acu!'

D'ullmhaigh Jackson é féin chun an t-ionsaí a bhí ag teacht a sheachaint. Ach, an iarraidh seo, chas sí thart agus sháigh sí a hingne ina aghaidh, sruth eascainí ag teacht uaithi go tiubh.

'Tá go maith, éirigh as!' arsa fear na gnúise deirge. 'Ní bheidh seisean in ann muid a thógáil amach as an áit seo má bhaineann tú na súile as.'

'Ach ar a laghad ar bith,' arsa Jackson, 'ní bheadh orm breathnú níos mó ar an gcailleach seo ...'

Agus iad ag dul le fána an chnoic chomh tapa agus

---

leathbhádóir *colleague* • bréan *fed up* • ingne *nails* • eascainí *curses*

ab fhéidir ar a leithéid sin de bhóithrín, tháinig jíp de chuid na *rangers* orthu.

'Táthar sa tóir orainn,' a d'fhógair Pelham de bhéic.

Le scréach mhúchta lán d'fhuath agus d'fhrustrachas, rug Madame Singh greim ar theilgeoir gránáide.

'Cuirfidh mise deireadh leo!' a dúirt sí agus díoscán á bhaint aici as a fiacla.

*   *   *

Stop patról *rangers* an jíp ina raibh Goldie agus Tónaí ag taisteal. Bhí aithne acu ar an gcailín.

'Ach ... ach céard atá á dhéanamh anseo agatsa, a Iníon Severing?' a d'fhiafraigh an sáirsint.

'Bhí geábh á thabhairt agam sa jíp ach d'éirigh mé as nuair a chonaic mé an chuma a bhí ar chúrsaí. Is abhaile caol díreach atá mé ag dul anois.'

'Tá buíon ropairí gafa againn. Ní hiad na gnáthphóitseálaithe iad ach dream atá i bhfad níos dainséaraí ná iad. Tá corrdhuine acu fós ar iarraidh. Táimid á gcuardach.'

Fad is a bhí Goldie ag caint leis an sáirsint, sháigh Mik-Mik, an simpeansaí, a chloigeann amach as an bhfuinneog. Bhí sé ag baint aoibhnis as cumhracht aer an tráthnóna.

'Is sa tóir ar bheirt ar leith atáimid, fear agus bean, atá ar a gcoimeád go fóill. Tá beirt ghiall acu freisin, sin an fáth ar scaoileamar tríd an mbacainn bhóthair iad.'

'An bhfuil a fhios agaibh cé hiad na gialla? An bhfaca duine ar bith iad?' arsa Tónaí.

'Chonaic mise iad, agus iad ag dul tharainn,' a

---

frustrachas *frustration* • díoscán *grinding* • geábh *trip* • gialla *hostages* d'fhreagair duine de na *rangers*. 'Tá folt liath ar dhuine acu. Fear fionn is ea an duine eile agus a chuid gruaige bearrtha go dlúth aige.'

'Sivilles agus Jackson atá ann!'

'Céard é sin? Tá aithne agat orthu? Cén t-eolas atá … '

'Ó, ná héistigí leis!' arsa Goldie. 'Eisean Peter Pan, mo chol ceathrair, agus bíonn scéalta á gcumadh Domhnach is dálach aige. Gabhaigí mo phardún, ach caithfidh mé filleadh ar an mbaile. Beidh m'athair ag éirí imníoch.'

Thosaigh sí an jíp agus as go brách leo beirt.

'Hath! Do chol ceathrair, Peter Pan, ab ea? Tá ocht míle sé chéad bréag á spalpadh agatsa in aghaidh an nóiméid. Níl ionat ach inneall cumtha bréag!'

'An ceart ar fad agat, ach an bhfuil sé sin le léamh orm? An bhfuil mo chluasa ag éirí níos mó nó mo shrón ag éirí níos faide? Uch, gabh mo leithscéal, a Tónaí, maith dom é seo uile le do thoil. Ní chleachtaim bréaga de ghnáth, ach …'

'A Goldie, b'fhearr liomsa fanacht leis na *rangers* más ag lorg mo chairde atá siad.'

'Tá sé chomh soiléir leis an lá go bhfuil na póitseálaithe tar éis iad a bhreith leo go dtí an t-aerstráice, a Tónaí.'

'Agus, tá tú ag rá go … '

'Go bhfuilimid ag dul chuig an áit chéanna anois díreach, chomh tapa agus is féidir linn. Mise i mbannaí nach bhfuil bealach níos tapúla le teacht suas leosan ná teacht liomsa!'

Ní raibh a fhios ag Tónaí céard a déarfadh sé. Shín sé amach a lámh go maolchluasach. Mhuirnigh sé dual dá cuid gruaige. Chas sé an dual thart

---

folt *hair* • bearrtha go dlúth *close-cropped* • spalpadh *pour; swear*
maolchluasach *sheepish* • muirnigh *fondle*

timpeall agus idir a mhéara, é mar a bheadh beart de shnáitheanna óir a raibh beatha dá gcuid féin acu.

'A Goldie,' ar seisean de chogar. 'A Goldie ... tagann brón orm nuair a smaoiním go dtiocfaidh an lá a mbeidh orm slán a fhágáil ag an áit seo, agus imeacht in éineacht le mo chairde. Má thagann siad slán as an tsáinn seo! Ní ligfidh mé an Afraic i ndearmad go brách. Tusa ach go háirithe, ná do shúile gléigeala ná do chumhracht fanaile.'

'Is rídheas uait é a rá,' ar sise. 'Ní fhágfaidh mise an áit seo choíche ná go brách, tá a fhios agat. Bhí mé sa Fhrainc cheana, sa Bheilg ... san Iodáil. Agus i Sasana, gan amhras, áit ar rugadh m'athair. Thaitin an Eoraip go hálainn liom. Ach is den Afraic mise, de ghleannta iontacha na Scoilte Móire, ar cliabhán an chine dhaonna iad. Agus is cuid díomsa freisin na sléibhte agus na lochanna seo ... an áilleacht agus an saibhreas gan teorainn atá iontu agus, faraor, an dearóile ...

'Tá uaimse cabhrú le muintir na tíre seo, a Tónaí. Is mian liom cabhrú leo faoi mar a chabhraíonn m'athair leo. Ach ní bheidh mise i mo dhochtúir, ná i mo mhíoleolaí mar eisean. Is mian liom a bheith i mo thréidlia, mar a dúirt mé leat cheana. Ní hamháin as an gcion atá agam ar ainmhithe, ach freisin i ngeall ar go bhfuil ainmhithe ag neart daoine thart anseo. Agus téann sé rite leo fanacht beo má chailltear a gcuid beithíoch de bharr ionsaithe na gcuileog seitse nó ceann ar bith de na frídíní eile atá chomh fairsing sin sna bólaí seo.

'Chomh maith leis sin, ba bhreá liom a bheith i mo scríbhneoir, ar nós na mná úd a chleacht ainm cleite fir: Isaak Dinesen. Ach creid uaimse é, a Tónaí, nuair

---

cliabhán *cradle* • frídín *germ* • sna bólaí seo *in these parts*

a deirim leat nach bhféadfainn maireachtáil feasta in áit ar bith seachas an áit seo. Bás ón gcrá croí a bheadh i ndán dom mura mbeinn in ann éirí agus dul faoi ghrian na hAfraice a fheiceáil feasta, mura n-aireoinn boladh an lobhaidh agus boladh na beatha a ghineann an dufair seo … 'Goldie Severing is ainm dom, ainm eachtrannach anseo, ach san Afraic atá mo chroí.'

Agus deora ina súile, mhaolaigh Goldie luas an jíp. Stop siad. Chuir sí a lámh ar cheann an ógánaigh. Phóg sí go mall é leis an nádúrthacht agus leis an lántoil ba dhual di. Níor chailín a phóg é ach bean. Ní bhfuair Tónaí póg mar í riamh cheana.

Ina dhiaidh sin, bhí siad ag comhrá ar feadh cúpla nóiméad. Ansin rinne Tónaí iarracht ar í a phógadh arís ach chas sí uaidh, a beola á gcosaint aici le dual dá cuid gruaige finne.

'Caithfimid deifriú, a Tónaí! Tá píosa maith fós le dul againn, ach tá taobh-bhóthar ann a thaispeáin Kemba dom. Má leanaimid sin beimid ag an aerstráice roimh chuile dhuine eile. Fan go bhfeicfidh tú! Uch, Kemba dílis, airím uaim é, sa chaoi go n-airíonn tusa do chairde féin uaitse, a déarfainn. Tá súil agam gur féidir linn go léir teacht le chéile arís, slán sábháilte, nuair a bheidh an eachtra seo thart.'

Thosaigh sí an jíp. Díreach ansin ghlac Mik-Mik a sheans. Léim sé amach as an gcarr agus isteach sa dufair leis go beo. An boladh úd nach bhfuil aon seasamh ina choinne a bhí á mhealladh. Boladh a bhí ag dul i bhfeidhm air le tamall anuas.

---

lobhadh *rotting*

11

Bhí an oíche ag titim.

Sa jíp dóibh, bhí an bealach ceart aimsithe ag Goldie agus Tónaí. Ba chonair chúng í taobh le fothair a ghearr a bealach tríd an dufair. Ní thabharfá de shamhail dó ach nathair nimhe ag sníomh agus ag sleamhnú idir charraigeacha móra creagacha a bhí leathchlúdaithe ag an bhfásra.

Go tobann, thit cúpla cloch anuas ó na harda gur tharraing cuid mhaith créafóige leo. Ach, ar ámharaí an tsaoil, níor buaileadh iad.

'Óra, a dhiabhail!' a deir Goldie. 'D'fhág an tréimhse dheireanach bháistí an chonair seo i riocht an-chontúirteach. Ach beimid ag éalú amach ar an sabhána sula i bhfad. Ní dóigh liom go bhfuil eagla ort; nó an bhfuil? Abair liom, cén chaoi a bhfuil tú ag aireachtáil, a Tónaí?'

'Chomh maith agus níos fearr ná mar a bhí mé riamh. Céard a deir tú, eagla, ab ea? Ormsa? Céard is eagla ann? An mothúchán sin a chuireann do chuid fiacla ag cnagadh nuair a bhíonn sé ort, an ea?'

---

fothair *wooded hollow*

Lig sé air go raibh a chuid fiacla ag cnagadh in aghaidh a chéile, chun gáire a bhaint aisti. Ach bhí a haird siúd go hiomlán ar an gconair.

'Féach,' a dúirt sí. 'An bhfeiceann tú é sin? Sin cac eilifinte, agus tá sé úr. Ní bheadh dada de dhíth orainn anois ach duine de na leaideanna móra seo a theacht inár gcoinne ar an gconair seo. Bheadh sé róchúng dúinn ar fad. Tabhair do gheallúint dom nach mbeidh a leithéid de mhí-ádh orainn, a Tónaí!'

'Tabharfaidh, agus go sollúnta. Tá focal Peter Pan agat air sin! Fiú dá mbeadh an Captaen Hook féin ann, agus é ar mhullach eilifinte, ní bhfaigheadh sé an ceann is fearr ortsa!'

Rinne siad beirt gáire.

'Cén fáth nach lasann tú na soilse? Níl a fhios agam cén chaoi a bhfeiceann tú rud ar bith!'

'Táimid cóngarach go maith don aerfort agus níl mé ag iarraidh go bhfeicfidh na *rangers* atá fágtha ann muid. Stopfaimid anois chomh luath agus a bheimid as an bhfothair seo, is é sin mura dtiteann sí anuas orainn ina maidhm shléibhe roimhe sin. Dá leanfaimís ar aghaidh sa jíp chloisfí muid. As seo amach is ag coisíocht a bheimid!'

'Agus ar mhiste leat a mhíniú dom céard atá ar siúl againn?'

'Beidh a fhios sin agat go luath, a Tónaí. An é nach bhfuil aon mhuinín agat asam?'

Bhí sí ag breathnú air go mioscaiseach as eireaball a súile. Anois, faoi ghathanna deireanacha sholas an lae, ba ghile ná riamh loinnir a súl. Chonacthas do Tónaí gur mhó fós an draíocht a bhain leo ansin ná uair ar bith roimhe seo.

---

conair *path* • sollúnta *solemn* • maidhm shléibhe *avalanche*
mioscaiseach *mischievous* • eireaball *corner of eye; tail*

'A Goldie, cuirfidh mé an cheist chéanna ort arís: céard sa diabhal buí atá ar siúl agat?'

'Stopfaimid anseo! Fágfaimid an jíp anseo. Tar uait, agus éirigh as na ceisteanna sin! An é nár mhaith leat bronntanais gan choinne?'

Ag an bpointe sin go díreach fuair na *rangers* a bhí ag faire ar an aerstráice teachtaireacht raidió ón gCaptaen Tambo:

'Tugaigí aire! Bíodh aird ag gach aonad ar an bhfoláireamh seo! Tá buíon Madame Singh – nó an Nathair Nimhe mar a thugtar uirthi – thar a bheith dainséarach agus níl aon cheal arm ar na ropairí seo! Tá teilgeoir gránáide acu. Scrios siad ceann dár gcuid feithiclí tamall ó shin. Anois díreach tá siad ag tarraingt ar an aerfort a bhfuil an dá eitleán iompair ann. Caithfear an bóthar a dhúnadh agus gan ligean dóibh an t-aerstráice a bhaint amach agus éalú uainn.'

Nuair a chuala sé é sin, shocraigh an t-oifigeach neamhchoimisiúnta a bhí i gceannas ar *rangers* an aerstráice, shocraigh sé ar theacht roimh na ropairí le cinntiú nach n-éireodh leo teacht gar do na heitleáin.

Ón áit ina raibh siad i bhfolach san fhásra, chonaic Goldie agus Tónaí na *rangers* ag brostú leo, duine i ndiaidh a chéile, i dtreo an aon bhealach isteach chuig an aerfort a bhí ann, bealach a bhí gearrtha amach fadó riamh ag fórsaí an dúlra.

'Ó, maith sibh!' arsa an cailín de chogar. 'Níl ach beirt fágtha agaibh i bhfeighil na n-eitleán.'

'A Goldie, tá mé ag ceapadh go bhfuil a fhios agam céard atá ar intinn agat ... '

D'fhéach sise air agus cuma mhíshocair uirthi.

---

foláireamh *warning* • eitleán iompair *carrier plane*

'Agus, más mar sin é, céard a cheapann tú faoi?'

'Go bhfuil an ceart uile agat, is gur cuma sa diabhal. Agus cabhróidh mé leat é a dhéanamh, ainneoin gur dóigh liom nach gceadaíonn an dlí é ... '

'Luann m'athair saothar Ralph Waldo Emerson go minic. De réir an fhealsaimh sin ba chóir an dlí a chomhlíonadh i gcónaí ach nár ghá go gcomhlíonfadh lucht na páirte chuile ghné de go litriúil.'

'Cabhróidh mé leat,' b'in a dúirt Tónaí. Agus b'in a rinne sé. Ón taobh eile den aerstráice rinne sé comharthaí lena ghéaga a tharraing aird na saighdiúirí a bhí ar garda. Ansin rinne sé comhartha ar leith a thug le fios dóibh gur chóir dóibh é a leanúint agus chuaigh sé as radharc san fhásra. Bíodh is gur léir go raibh siad thar a bheith amhrasach, chuaigh an bheirt saighdiúirí i dtreo na háite a raibh an t-óganach feicthe acu.

Idir an dá linn, ghníomhaigh Goldie go sciobtha. Ní raibh doirse an Fairchild faoi ghlas. Isteach léi ...

Bhí an t-aer chomh bréan sin ann go ndearna sí iontas de go raibh na hainmhithe a bhí i ngéibheann in ann análú ar chor ar bith.

Bhí sé tamall maith ón uair dheireanach a fuair siad bia agus uisce, ainneoin go raibh na *rangers* in ainm is a bheith ag tabhairt aire dóibh. Ba léir sin ar an gcallán a thóg siad le fáilte a chur roimpi, callán a bhodhródh duine.

Bhí na cliabháin ina raibh siad leagtha amach i línte díreacha, cliabhán amháin ar mhullach an chliabháin eile. Ba thruamhéalach an radharc iad na hainmhithe seo, go mór mór na simpeansaithe agus na moncaithe glasa a raibh a lámha á síneadh amach acu trí bharraí na gcliabhán. Bhí slabhra casta

---

fealsamh *philosopher* • gné *feature* • bréan *putrid* • callán *noise*

timpeall chuile chliabhán acu ach, go míorúilteach, ní
raibh glas fraincín ar bith i radharc. Ní raibh stró ar
bith ar Goldie, mar sin, na cliabháin a oscailt agus na
hainmhithe á scaoileadh saor. Níor rith sé léi go
bhféadfadh ceann ar bith acu aon dochar a
dhéanamh di.

Phreab pantar mór amach as an gcliabhán ina
raibh sé cuibhrithe. Scinn sé amach an doras mar a
bheadh splanc mhór thintrí de veilbhit ann, gan fiú
féachaint ar an ngirseach! Agus ba mhaith an rud é
sin, chuile sheans, mar dá ndéanfadh sí iarracht ar é
a chuimilt, ní fios céard a dhéanfadh an t-ainmhí úd,
bhí sé chomh scanraithe sin agus chomh mór sin faoi
strus.

Bhí ainmhithe de chuile shaghas i mbraighdeanas
ann. Bhí sioráif bheaga ann, ostraisí ón sabhána,
gasailí, crogaill, leoin agus liopaird a bhí fós óg,
mongúis bhuí ... Bhí éanlaith áille ildaite ann freisin:
beachalpairí lena gcloigne glasa agus clúmh a bhí
beagnach dearg, lasairéin bhándearga, na corra réisc
a fhógraíonn breacadh an lae lena ruathair eitilte, na
marabúnna lena n-iompar sagartúil ainneoin an
mhíshlachta a bhaineann leo, a bprócair fhada ar
liobarna; corra bána ...

A bhuíochas le Goldie, réab na hainmhithe go léir
as an Fairchild agus callán mór á dhéanamh acu. Bhí
siad lán den fhuinneamh agus den ghliondar croí a
léiríonn gach neach beo nuair a fhaigheann sé a
shaoirse ar ais. Nochtadh an spleodar seo leis an
réimse fairsing de ghnúsachtaí, de ghlagarnach agus
de na fuaimeanna eile is dual d'ainmhithe. Nuair a
chonaic Goldie na hainmhithe seo, a bhí díreach
tagtha slán as an mbraighdeanas, á dtumadh féin in

glas fraincín *padlock* • pantar *panther* • cuibhrithe *caged* • scinn *dart*
girseach *girl* • braighdeanas *captivity* • gasail *gazelle* • mongús *mongoose*
éanlaith *birds* • beachalpaire *bee-eater* • lasairéan *flamingo* • corr réisc *heron*
marabú *marabou* • prócar *crop (of bird)* • ar liobarna *dangling*
corra bána *white storks* • gnúsacht *grunting* • glagarnach *cackling*
tum *immerse*

108

aer úr na saoirse athuair – cuid acu ag tógáil na spéire orthu féin, cuid eile á gcailleadh féin sa sabhána – líon a súile le deora sonais.

Dá mbeadh ar a cumas é a dhéanamh, d'osclódh sí chuile chliabhán díobh leis an dúthracht cheannann chéanna.

Agus ní hiad na cliabháin-charcair amháin a ghéillfeadh don fhonn a bhí uirthi cuidiú le hainmhithe! D'osclódh sí carcracha na seamlas, na vaigíní traenach agus na leoraithe ina mbíonn ainmhithe á n-iompar chun a mbáis. D'osclódh sí freisin carcracha na saotharlann ina mbíonn 'Rí na nDúl,' mar dhea, ag céasadh ainmhithe bochta gan chosaint le lansaí agus le leictreoidí. Agus é seo uile in ainm na heolaíochta agus na sláinte daonna.

Tharraing éalú na n-ainmhithe ón Fairchild na *rangers* a bhí ar garda ar ais arís chun na n-eitleán. Níor éirigh leo teacht ar Tónaí. An tseift shimplí a bhí aige ná é féin a shíneadh amach ar an talamh faoin raithneach mhór. Ach faoin am ar bhain siad na heitleáin amach bhí Goldie imithe.

Cúpla nóiméad ina dhiaidh sin, tháinig Tónaí agus Goldie le chéile arís ag an jíp.

'Tá mé chomh sásta sin gur scaoil mé na hainmhithe saor!' arsa Goldie agus loinnir ina haghaidh. 'Dá bhfeicfeá cé chomh sásta is a bhí siad agus iad ag éalú leo ón gcarcair úd!'

'Chonaic mé corrcheann acu.'

'Agus anois, níl uainn ach scéala faoi do chairde ... agus, ó a Dhia, a Tónaí! Caithfidh go bhfuil m'athair fillte arís ó chlinic na dteifeach Ruandach. Feicfidh sé nach bhfuil mise sa bhaile agus rachaidh sé as a mheabhair le himní!'

'Céard is cóir domsa a dhéanamh anois?' B'in í an

---

seamlas *slaughter house* • vaigíní *wagons* • saotharlann *laboratory*
Rí na nDúl *God; King of Creation* • leictreoidí *electrodes* • raithneach *fern*
carcair *prison*

cheist a chuir Tónaí air féin. Chonacthas dó gurb é an tslí is cinnte chun teacht ar a chairde ó Aerlíne Charn D'Olla ná fanacht gar do na heitleáin. Mar, luath nó mall – mura dtarlódh tubaiste éigin – bheadh orthu tarraingt ar an mball sin. Ba é an rud ab fhearr agus ba réasúnta le déanamh ná fanacht ansin ar an láthair úd, chomh fada is nach bhfeicfeadh na *rangers* iad. Ní móide gur róshásta leis féin a bheadh siadsan tar éis eachtra na n-ainmhithe ...

Céard a dhéanfadh sé, mar sin? Cibé céard a tharlódh, ní fhéadfadh sé ligean do Goldie filleadh léi féin ar Bhanríon na gCaisearbhán tríd an dufair a bhí ina dtimpeall. B'áit í siúd óna raibh béicíl agus búiríl le cloisteáil, ball ina raibh saol na hoíche roinnte idir fíoch na sealgairí agus fulaingt na n-íobartach. Thuigfeadh Sivilles agus Jackson an scéal nuair a chloisfidís é, dá n-éireodh leo teacht slán as an bponc ina raibh siad!

'A Goldie, ar ais linn go Banríon na gCaisearbhán! Is féidir leat an jíp a dhúiseacht am ar bith is mian leat.'

'Ach ... '

'Níl aon 'ach' ann. Sin ordú duit de chuid Ardcheannas Fhórsaí Straitéiseacha na Meánmhara!'

'Hath, éist liomsa, a shaighdiúir! Feictear domsa gur i bhfad ón áit seo atá ceanncheathrú na bhfórsaí sin.'

'A iníon Severing, deirim leat nach bhfuil a leithéid de leagan ann agus "i bhfad ó" sa lá atá inniu ann. Tá deireadh go deo leis na laethanta úd nuair a bhíodh áiteanna "i gcéin" ann. An fhadhb atá ann inniu ná nach ann níos mó don imigéin chéanna. Ach,

íobartach *victim* • Ardcheannas *High Command* • ceanncheathrú *headquarters*
imigéin *distant parts*

a Goldie, rachaidh mé chuig an bhfeirm leat! Dáiríre píre!'

Agus an méid sin díreach ráite aige, d'airigh siad rois thobann lámhaigh! Lean na macallaí ar aghaidh, ag léim anonn is anall sa dufair.

Ba as an aerfort a tháinig an torann nó, b'fhéidir, as ball níos cóngaraí dóibh fós.

'Agus anois, tá mé cinnte thar riamh gur chóir dúinn imeacht ... agus go tapa!' arsa Tónaí, na fiacla á ndíoscadh aige. 'Tusa a bhí ag tabhairt orduithe uait ar feadh an turais ar fad go dtí seo. Anois lig domsa cúpla ordú a thabhairt.'

'Bhuel, sin cothrom na Féinne, gan amhras,' arsa Goldie agus í ag gáire. 'Buailimis bóthar láithreach, mar sin.'

'Tuigfidh siad dom,' arsa Tónaí leis féin. Bhí sé an-bhuartha faoina chomrádaithe ag an am céanna.

Bhí siad ag tiomáint ar bhealach na mbuabhall agus ar tí casadh isteach ar an gconair as ar tháinig siad tamall roimhe sin, nuair a chuala siad torann ait, mar a bheadh clocha ag bualadh in aghaidh a chéile. Stopadh sé ar feadh ala agus ansin thosaíodh sé arís.

Go tobann, i bplásóg bheag faoi sholas oráiste na gealaí móire, chonaic siad péire eilifintí ag tabhairt soncanna dá chéile. Ba as bualadh na starrfhiacla móra eabhair in aghaidh a chéile a tháinig an torann ait a chuala siad.

'An séasúr cúplála atá ann,' a mhínigh Goldie do Tónaí. 'Troideann siad chun an baineannach a ghnóthú ... Deir m'athair go maraídís a chéile fadó sna coimhlintí sin. Samhlaigh é, meáchan ollmhór dhá ainmhí dá leithéidí agus iad ag ionsaí a chéile

---

cothrom na Féinne *fair play* • sonc *thrust; nudge* • starrfhiacla *tusks* eabhair *of ivory* • séasúr cúplála *mating season*

leis na starrfhiacla fada úd lena mbioranna géara. Ach sa lá atá inniu ann tá deasghnáth eile tagtha chun cinn in ionad an tseanchatha chun báis! Ní mharaíonn siad a chéile níos mó. Níl ann ach go seasann siad os comhair a chéile agus tugann cúpla sonc dá chéile, go dtí go n-aimsíonn siad cé aige a bhfuil na starrfhiacla is faide. Chomh luath agus a bhíonn réiteach na ceiste sin soiléir éiríonn siad as an gcoimhlint, agus fágtar eilifint na starrfhiacla fada i gceannas an cheantair agus é i bhfeighil an bhaineannaigh.'

'Sin socrú ar fónamh!' arsa Tónaí. 'Mór an trua nach bhfuil a leithéid de réiteach againne seachas "réiteach" na cogaíochta!'

Ar aghaidh leo. Tar éis dóibh a bheith ag tiomáint ar feadh tamaillín thit roinnt cloch anuas gar dóibh. Is cinnte gurbh é creathadh an innill a scaoil iad. Ach, ar aon nós, ní dhearna siad aon dochar don bheirt.

* * *

'Níl de rogha againn ach géilleadh, a Laila!' a bhéic fear na gnúise deirge le Madame Singh. Bhí torann na ngunnaí á mbodhrú.

Thiomáin Pelham an jíp as conair an aerstráice agus anois bhí sé ag iarraidh é a chur i bhfolach faoin scrobarnach.

Bhí Land Rover eile lán de ropairí páirteach i mbabhta lámhaigh eile leis na *rangers* nuair a dhiúltaigh siad stopadh ag bacainn bhóthair. Barr ar an donas, scaoil ropaire amháin gránáid as teilgeoir i dtreo na *rangers*.

'Géilleadh? Ní ghéillfidh mise choíche!' a

---

deasghnáth *rite* • scrobarnach *brushwood* • ropaire *bandit* d'fhreagair sise. Nuair a bhí an jíp stoptha i gcorcach mhangróbh agus é clúdaithe, a bheag nó a mhór, ag driseacha, léim sí amach as agus meaisínghunna Marietta ina glac aici.

'A Pelham! As ucht Dé, iarr uirthi gan a bheith amaideach! Maróidh siad í!' a bhéic Sivilles, a bhí fós faoi cheangal, dála Jackson, i gcúlsuíochán an jíp.

'Agus nach in é go díreach atá ag dul di!' arsa Jackson.

Bhí an meaisínghunna á scaoileadh ag Madame Singh i dtreo scata póilíní a bhí imithe i bhfoscadh taobh thiar de charraigeacha móra a bhí clúdaithe le caonach. Tháinig fear na gnúise deirge ar aon intinn le Sivilles. Léim sé as an gcarr agus rith i dtreo na mná.

'Laila! Táimid timpeallaithe acu! Caith uait do ghunna!'

'Dún do chlab, a chladhaire! Ní bhfuarthas fós an lámh in uachtar ar Laila Singh!'

Lean sí ar aghaidh ag scaoileadh i gcoinne na bpóilíní. Bhí lámhach na *rangers* mar phlimpeanna toirní i gcluasa Pelham. Ach nuair a bhí sé go díreach ar tí breith ar chúl Mhadame Singh le tabhairt uirthi an gunna a chaitheamh uaithi, lig sí cnead. Ach níor thit sí go hiomlán mar choinnigh Pelham ina leathsheasamh í. 'Laila! Laila!' a bhéic sé. 'Ná scaoiligí! Géillimid!'

Leag sé síos ar an talamh í chomh cúramach agus a bhí sé in ann. Bhí sise ag stánadh air i rith an ama agus an t-ionadh fós le feiceáil ina gnúis: 'D'aimsigh piléar mé, d'aimsigh piléar mé! Cén chaoi ar tharla sé sin?'

'Cá bhfuil tú gortaithe, a Laila?'

---

corcach mhangróbh *mangrove swamp* • lámhach *shooting*
plimpeanna toirní *peals of thunder*

'I mo chliathán! Agus is tusa is ciontach leis, a bhobarúin! Cén fáth nár scaoil tú? Cén fáth?'

Rith na *rangers* anuas chucu faoi sholas oráiste na gealaí. Bhí ar chumas Sivilles leathléargas a fháil ar na heachtraí sin agus rinne sé cur síos orthu dá leathbhádóir.

D'fhéach Madame Singh ar a méara, a bhí smálaithe le fuil, amhail is nár chreid sí ar tharla di. Rinne sí iarracht ar éirí aníos ach ní raibh sí in ann bogadh.

'A David! A David! Ní féidir liom mo chosa a bhogadh ... Ní féidir liom éirí i mo sheasamh! Ní féidir liom mo chosa a bhogadh! Agus is ortsa atá an locht!'

Chaith fear na gnúise deirge é féin thar chorp na mná chun í a chosaint lena chorp féin. Bhí eagla air go maródh na *rangers* í. Bhí siad siúd thart timpeall orthu faoin am seo agus iad ag béicíl is ag breathnú go feargach orthu. Tar éis an tsaoil, bhí an lánúin seo tar éis comrádaithe dá gcuid a mharú! Ba chóir dóibh íoc as!

Rith sreang péine trí chorp na mná agus thosaigh sí ag scréachach.

'Faighigí dochtúir! Cuirigí fios ar dhochtúir!' a bhéic Pelham.

Chuir sé a lámha timpeall uirthi agus ansin thóg sé a haghaidh ina dhá lámh.

'Laila, Laila! Tá mé leat anois, a chroí! Tóg go bog é. Beidh chuile rud i gceart. Ní thréigfidh David tú ... choíche ... choíche!'

Bhí an bhean amhail is dá mbeadh faoiseamh tobann uirthi.

'Ná tabhair "a chroí" ormsa,' arsa sise trína cuid fiacla.

---

cliathán *side* • bobarún *booby* • smálaithe *smeared* • faoiseamh *relief*

Bhí na *rangers* ag bagairt díoltais faoin am seo. Ach, díreach ansin, tháinig an Captaen Tambo ar an láthair.

'Céard é seo? Céard a bhí sibh ag dul a dhéanamh? Tá an fear agus an bhean seo ina bpríosúnaigh de chuid stát na Sáíre! Agus meabhraígí gur *rangers* sibhse agus nach barbaraigh! Duine ar bith a ligeann an méid sin i ndearmad cuirfear os comhair na cúirte míleata é!'

---

bagairt díoltais *threatening revenge*

12

'**Ó** a Dhia! Seo an rud is lú a bhí ag teastáil uainn!'

Bhí Goldie buartha. B'éigean di an jíp a stopadh go tobann. Bhí bealach cúng Kemba lasta suas rompu ag soilse an jíp ach bhí constaic ann. Maidhm shléibhe a tharla níos lú ná uair an chloig roimhe sin a chruthaigh an chonstaic nua seo.

'Beidh orainn filleadh. Cén chaoi a bhfuil tú anois, a Tónaí? An bhfuil tú ceart?'

'Uch, chomh maith – agus níos fearr – ná mar a bhí mé riamh!' arsa Tónaí, agus thaispeáin sé a mhéara crosáilte di. Thosaigh an bheirt acu ag gáire.

'Ach caithfear na súile a choinneáil feannta anois, a Goldie ... má chúlaímid. Níor mhaith linn bualadh leis na ropairí.'

'D'fhéadfá a rá! Ach b'fhéidir go bhfuil siad siúd gafa ag na *rangers* faoin am seo – agus do chairde scaoilte saor.'

Ní raibh seans acu an scéal sin a chinntiú. Thosaigh siad ag cúlú. Chuala siad torann a raibh cur amach acu air cheana féin – starrfhiacla na n-eilifintí agus iad ag bualadh in aghaidh a chéile.

---

feannta *peeled (eyes)*

Bhí ceithre eilifint i ndiaidh iad féin a shuíomh rompu agus san áit ba leithne den chonair bhí na fireannaigh ag gabháil dá ndeasghnátha traidisiúnta. Níor léir fós cé acu a ghéillfeadh.

'Tá an mí-ádh dearg orainn!' arsa Goldie. 'D'fhéadfaidís sin a bheith anseo ar feadh na hoíche!'

'Nach bhféadfaimís féachaint lena scanrú le soilse an jíp? Nó le torann an innill?'

'Ó, sin rud nach féidir a dhéanamh, a Tónaí. Is iad na heilifintí na hainmhithe is deise agus is láiche faoi luí na gréine. Ach nuair a chuirtear isteach orthu, is féidir leo a bheith scanrúil!'

'Ar nós neart daoine, d'fhéadfá a rá ...'

'Go díreach é, ach an meáchan a fhágáil as an áireamh!'

'Céard is féidir linn a dhéanamh?'

'Fanacht ... agus paidir a rá nach n-éireoidh siad mífhoighneach linn.'

'Ná habair liom, a Goldie, go mbeidh orainn an oíche a chaitheamh anseo inár n-aonar, tusa agus mise, i lár na dufaire fiáine ... faoi sholas álainn na gealaí seo! Murach a bhuartha agus atá mé faoi Sivilles agus Jackson, chuirfeadh a leithéid áthas an domhain orm.'

'Agus ormsa freisin, murach gur cinnte go bhfuil m'athair buartha fúmsa anois díreach agus an oíche ag éirí níos fuaire in aghaidh an nóiméid ... '

'Agus mise ag ceapadh go mbíonn sé te i gcónaí san Afraic, chuile áit agus chuile uair. Ach tá do chuid fiacla ag cnagadh ar a chéile, a Goldie!'

'Ní d-d-dada é, a T-t-t-Tónaí ...'

'Fan nóiméad, a Goldie. Anois agus mé ag smaoineamh air ... nuair a d'iarr tú orm éadach trom a chrochadh liom chuir mé mála codlata leo! Tá sé ar an raca bagáiste amuigh!'

Chuaigh Tónaí amach chun é a fháil.

'Seo dhuit, a chailín, isteach leat go beo. Sín siar ansin ar an gcúlsuíochán. Déan dreas codlata agus beidh mise ag faire amach.'

'Ceart go leor, ach ar choinníoll amháin. Dúisigh mé i gceann dhá uair an chloig agus déanfaidh mise sealaíocht ort.'

Cúig nóiméad is daichead níos deireanaí, bhí an suaimhneas amuigh gan bearnú agus ba léir nárbh aon bhagairt iad na heilifintí úd, an chaoi a raibh siad dírithe go hiomlán ar a ndeasghnátha féin.

Bhí Tónaí ag faire amach, nuair a tháinig lámh aniar ón gcúlsuíochán gur theagmhaigh lena dhroim.

'A Tónaí,' arsa Goldie, 'ní chodlóidh mise néal má tá do chuidse fiacla le bheith ag cnagadh mar sin ar feadh na hoíche ... '

'Ó, tá brón orm! Tuigim sin – ach tá sé chomh fuar sin anseo! Déanfaidh mé mo dhícheall a bheith ciúin ... '

Bhí ciúnas ann ar feadh tamaill.

'A Tónaí ... '

'Sea?'

'Féach ... tá mé ag ceapadh go bhfuil slí ann don bheirt againn sa mhála seo. Cén fáth nach dtagann tú isteach liom?'

Bhí cumhracht bhog fanaile Goldie le sonrú sa mhála. Luigh siad sa tslí go raibh a dhá ndroim buailte le chéile – ba lú an náire a chuir an suíomh sin orthu. Ba shuíomh é a bhí thar a bheith míchompordach, ach ar a laghad ar bith ní bheadh ceachtar acu fuar feasta.

Rinne sé iarracht ar a aird a dhíriú ar fhuaimeanna na dufaire. Níos luaithe sa lá dúirt Goldie leis gurbh é an rud ba shuntasaí a thabharfadh duine faoi deara, agus é ag codladh amuigh sa dufair – seachas gnáthfhuaimeanna an dúlra, ar ndóigh – ná cogarnach dhomhain leanúnach sa chúlra. Ba í sin fuaim na dufaire agus í ag fás, dar léi. Chonacthas dó anois nach raibh aon dul amú uirthi.

'Goldie, Goldie, Goldie,' a dúirt sé leis féin, ag cur ainm an chailín in oiriúint do rithim chogar seo na talún beo cumhra, a chruthaíonn beatha gan stad.

'Goldie!'

'An bhfuil tú i do chodladh, a Tónaí?' Tháinig an cheist uaithi go díreach ag an bpointe sin.

'Ní féidir liom codladh, a Goldie … '

'Cén fáth nach féidir?'

'Mar, anuas ar an méid atá ag cur isteach orm … Ní hea, maise, dada, dada! Ná bac … bhuel, nach cuma! Ceart go leor, scaoilfidh mé mo rún leat mar sin … Anuas ar chuile rud atá ag cur isteach orm, ní féidir liom stopadh de a bheith ag smaoineamh ortsa! Tú féin … áilleacht do shúl … milseacht do phóige … '

'Tuigim do chás go binn, a Tónaí. Le fírinne, is maith liom tusa go mór freisin! Agus mar a dúirt tú féin cheana: tá an dufair nár réitíodh riamh amuigh ansin … An ghealach mhór os ár gcionn … agus tusa is mise anseo linn féin … ní fhéadfadh cúrsaí a bheith níos rómánsúla. Níl a fhios agam céard ba chóir dom a rá. Is cailín cúthail mise, tá a fhios agat agus ní raibh … '

'Is duine cúthail mise freisin, a Goldie … '

Ag an nóiméad sin clúdaíodh an ghealach taobh

---

suntasach *noteworthy* • cumhra *fragrant*

thiar de scamall. Agus faoi mar a thabharfadh an dorchadas an misneach dóibh, thiontaigh siad araon ag an nóiméad céanna i dtreo a chéile.

Theagmhaigh a mbeola le chéile ar an toirt sa dorchadas, chomh nádúrtha céanna agus a tharla chuile rud eile. Gníomh dosheachanta a bhí ann. Agus é ag pógadh Goldie is ag breith barróige uirthi, mhothaigh Tónaí níos sona ná mar a mhothaigh sé riamh seachas ina chuid brionglóidí.

'Tónaí ... Tónaí ...'

'Tá mé i ngrá leat, a Goldie ... le fírinne.'

'Fan nóiméad ... caithfidh mé rud éigin a insint duit ... Ní dhearna ... Ó, níl a fhios agam cén chaoi is ceart é seo a rá leat ...'

'A Goldie, a ghrá,' a d'fhreagair seisean, 'tuigim go binn. Agus ní tú féin an t-aon duine anseo a bhfuil an rud céanna le rá faoi ...'

---

dosheachanta *unavoidable*

Iarfhocal

'Céard a deir tú? Ní féidir liom tú a chloisteáil!' a bhéic Sivilles trí thormán na n-inneall, a bhí ar siúl faoi lánchumhacht.

Bhí an tAntonov díreach tar éis éirí ón aerstráice agus aghaidh á tabhairt aici anois ar Kinshasa.

'Táimse ag rá libh nach mbeadh mórán muiníne agamsa as an doras sin. Ní foláir dúinn caoi cheart a chur air, ach an trealamh cuí a aimsiú,' a bhéic Jackson arís. 'Uair amháin fadó agus Cuáit á fágáil againn ...'

'Inis an scéal sin dom i gceann cúpla nóiméad – ní chloisim dada ag an bpointe seo!'

Chas Jackson timpeall chuig Tónaí a bhí suite díreach taobh thiar díobh. Bhí greim docht ag dhá lámh an ógánaigh ar an gcrios slándála. Chonaic Jackson nach í an eagla a bhí ag cur isteach air an uair seo. Ach ag an am céanna ba léir go raibh rud éigin ag cur isteach go mór ar an ógánach.

'Cén chaoi a bhfuil tusa ag aireachtáil anois, a Tónaí?'

---

tormán *noise*

'Chomh maith agus a bhí mé riamh!' arsa an t-ógánach. Ach ba léir tocht an bhróin ar a ghlór.

'Tá sin le léamh ort ceart go leor ... An inseoidh tú dúinn faoi do chuid eachtraí oíche sa dufair, tú amuigh ansin i measc eilifintí faoi dháir, tú féin agus péarla an bhrollaigh bháin?'

'Ní scéal barrúil ar chor ar bith é, a Slim! Lig dom!'

Chlúdaigh Tónaí a chluasa lena lámha. Bhí a chuntanós chomh brónach, ach chomh huasal sin ag an am céanna, gur chinn Jackson an t-ógánach a fhágáil ar a shocracht. Bhí sé ag teacht in inmhe. Anois bhí sé ag foghlaim faoin bpraghas atá le híoc as a bheith sna fir. Bhí laethanta na leanbaíochta thart; ar a chonlán féin a bheadh sé feasta. Anois, agus é faoi bhrón, bhí fonn millteanach air a bheith ina aonar. Ach bhí fonn air ag an am céanna a bheith in ann 'chomh maith agus a bhí mé riamh' a thabhairt mar fhreagra i gcónaí ar an ngnáthbheannacht, 'Cén chaoi a bhfuil tú?' Cé a d'fhág an oidhreacht sin aige? I ndeireadh na dála, ba chuma. Bímid go léir ag foghlaim óna chéile, ag aithris ar a chéile. Bhí meas mór ag Jackson ar an ógánach. Bhí an mianach cuí ann, ceart go leor, an stuif a bhí de dhíth.

Mhothaigh Tónaí na deora ina shúile. Rinne sé iarracht ar smacht a choinneáil air féin. Bhí sé ag an aois sin ina mbíonn go leor ceisteanna á gcur ag an duine air féin. Agus thaispeáin an oíche roimhe sin sa dufair go raibh amanna ann ina raibh freagraí an tsaoil níos deise ná freagraí na mbrionglóidí.

Lena mheon a dhíriú ar nithe eile agus chun na deora a ruaigeadh ar ais chuig an tobar ónar eascair siad, chuaigh sé siar ina intinn ar eachtraí na maidine

---

faoi dháir *in heat* • péarla an bhrollaigh bháin *'the snowy-breasted pearl'*
barrúil *funny* • in inmhe *of age* • leanbaíocht *childishness*
ar a chonlán féin *independent* • mianach cuí *the right stuff* • eascair *originate*

sin. An chaoi inar dhúisigh Goldie agus é féin nuair a chuala siad rud éigin ag cuimilt in aghaidh an jíp. Mik-Mik an simpeansaí a bhí ann! 'Dúisígí anois díreach!' a dúirt sé as *ameslan*. Bhí Afracach ard de bhunadh an Tuaiscirt ina sheasamh taobh thiar de, claíomh ina ghlac aige.

'Kemba!'

'Haló, Shikishiki! Bhí a fhios agam go dtiocfainn ort anseo ... Ná bí buartha faoi d'athair. D'iarr mé ar na *rangers* dul i dteagmháil leis.'

'Ach céard faoi na heilifintí? Cén chaoi ar éirigh leat teacht tríothu siúd?'

'Tá baile beag cóngarach don áit seo. Tá eilifintí ceansaithe acu ansin a úsáideann siad chun obair a dhéanamh. Thángamar anseo le péire acu siúd. Nuair a mhothaigh siad chucu iad, d'éirigh bhur n-eilifintí anseo as cluiche na starrfhiacla ar an toirt. Chorraigh siad ón áit a raibh siad chun an ruaig a chur ar na heilifintí strainséartha seo.'

Scaoil Mik-Mik racht mór gáire as nuair a chuala sé an scéal sin. Shílfeadh duine gurbh é féin a cheap an tseift seo. Ansin, thosaigh sé ag 'labhairt' le Goldie ...

Ar bord an Antonov, béiceann Sivilles:

'Bhuel, a chara, is léir nár shaothraíomar, tusa agus mise, is é sin Aerlíne Charn D'Olla, nár shaothraíomar carn airgid as an gcluiche seo go léir.'

Goldie ... cén chaoi a ligfeadh sé i ndearmad í? Ní dhéanfadh sé dearmad uirthi go brách. Agus bhí súil aige nach ndéanfadh sise dearmad air siúd. Áilleacht na súl gorm úd agus iad ag scaradh lena chéile ... an chaoi ar thiontaigh a haghaidh sise mílítheach agus slán á fhágáil aici leis.

---

saothraigh *earn* • mílítheach *wan*

Ach chuirfeadh sí cuairt air sa bhaile. Bhí turas chun na hEorpa geallta di dá breithlá ag a hathair. Labhair siad ar éadaí, ar bhróga, ar lipéid ... Tabharfaidh mé péire de bhuataisí sléibhe *Panama Jack* agus bróga spóirt *Gazelle* mar bhronntanas di, arsa Tónaí ina aigne féin.

'Hóra, a Tónaí!'

'Céard atá ort anois, a Slim?'

'Preit, a dhuine! Cuir meangadh ar an bpus sin! Bhí mé ar tí a rá leat go bhféadfaimís an giotár a sheinm agus cúpla amhrán a rá.'

'Thar barr! Céard deir tú le *Wild Flowers* le Dolly Parton? Ba mhaith liom é a fhoghlaim i gceart. An dtabharfaimid faoi?'

'Conradh déanta! Ar aghaidh linn!'

Chuir *Wild Flowers* ag smaoineamh ar Goldie arís é. Ach, le fírinne, ba chóir a rá gurbh fhánach an ní nár chuir ag smaoineamh ar Goldie é.

San aerfort thug sí véarsa dó as dán le Léopold Sedar Senghor, file de chuid na Seineagáile, a scríobh sí amach go speisialta dó.

Anois, agus *Chitty-Chitty-Bang-Bang* ag tabhairt arda na spéire thuas uirthi féin, thosaigh Tónaí á léamh arís:

'Ní heol dom cathain a tharla sé,
meascaim suas i gcónaí iad, an óige
agus Parthas,
mar a mheascaim an Bheatha is an Bás ...'

GLUAIS

abhac: *dwarf*
acmhainn: *resources*
acmhainn grá:
  capacity to love
acmhainn grinn:
  sense of humour
acmhainní mianracha:
  mineral resources
adharcán: *tentacle*
aduain: *strange*
aerstráice: *airstrip*
áibhéil: *exaggeration*
aicídí teochreasacha:
  tropical diseases
ailbíneach: *albino*
aimsitheoir: *marksman*
aineolach: *ignorant*
ainneoin: *notwithstanding*
ainmhí coimhthíoch:
  exotic animal
ainmhí creiche:
  predatory animal
ainrianta: *unbridled*
ainsprid: *evil spirit*
Áirc Naoi: *Noah's Ark*

airdeallach: *attentive*
airím uaim: *I miss*
aithris: *imitate/recite*
áiteamh: *féach* áitigh
áitigh: *persuade*
allagar: *arguing*
amhail: *like*
amhas: *mercenary*
amscaí: *awkward*
Antonov: *Russian-designed*
  plane
antraipeolaíocht:
  anthropology
ar foluain: *floating*
árachas: *insurance*
arae: *because*
ardbheann: *high peak*
Ardcheannas:
  High Command
arracht: *monster*
athbheochan: *revival*
bacainn: *barrier*

(ag) bagairt díoltais:
    threatening revenge
bagrach: *menacing*
baicle: *band/ gang*
baileach: *exactly*
baineannach: *a female*
bánghnéitheach: *pale-faced*
barróg: *embrace*
barrúil: *funny*
babhta lámhaigh:
    round of shots
beachalpaire: *bee-eater*
beairic: *barracks*
béarlagair: *jargon*
biorach: *sharp*
blagaid: *bald head*
blaosc: *skull*
blonag: *grease*
bobarún: *fool*
bodhar: *deaf*
bogh: *bow*
boigéiseach: *soft-hearted*
bólaí: *district*
bolcánach: *volcanic*
bolgach: *bulging*
borb: *lush*
brabús: *profit*
braighdeanas: *bondage*
breab: *a bribe*
breacdhorchadas: *dusk*
bréan: *putrid; fed up*
breosla: *fuel*
brioscarnach: *crackling*
brogús: *sour-puss*
brúidiúil: *brutal*
bruíon: *fight*
buabhall: *buffalo*

búbónach: *bubonic*
buinneán: *shoot (of plant)*
búiríl: *bellow*
buíon: *gang*
bunadh: *native inhabitants*
bundúchasach: *native*
    inhabitant
cábóg: *bumpkin*
cabhail: *body*
caicí: *khaki*
cáipéis: *document*
caisearbhán: *dandelion*
callán: *loud noise*
caoineas: *gentleness*
cantal: *annoyance*
caor lasrach: *flame of fire*
carcair: *prison*
cartlann: *archive*
casabhach: *cassava*
casóg dheinim: *denim*
    jacket
ceann scríbe:
    destination
ceansaigh: *tame*
ceannairceach: *mutinous*
ceanncheathrú:
    headquarters
ceobhrán: *drizzle*
cibearspás: *cyberspace*
cion: *affection*
ciotach: *clumsy*
ciotaí: *embarrassment*
círéib: *riot*
círín: *crest*
ciseal: *layer*
cith: *shower*
ciumhais: *edge*

clagairt: *clattering*

clais: *pit*

clamhsán: *complaining*

cliabhán: *cradle*

cliabhrach: *chest*

cliathán: *side*

cloicheán: *prawn*

clúmh: *body hair*

cneá: *wound*

cneadach: *groaning*

cneámhaire: *rogue*

cneasú: *healing*

cnotach: *knotted*

codarsnacht: *contrast*

Cogadh na Murascaille: *Gulf War*

cógais: *medicines*

coilgneach: *bristling*

coilíneach: *colonist*

coimhlint: *conflict*

cóir: *just*

coirpeach: *criminal*

coirt: *bark (of tree)*

colg: *anger*

colgsheasamh: *standing on end*

colm: *scar*

comhghleacaí fadfhulangach: *long-suffering colleague*

comhtharlú: *coincidence*

comónta: *common*

conair: *path*

conbhua: *convoy*

conlán/ ar a chonlán féin: *on his own*

conradh: *contract*

constaic: *obstacle*

cor: *twist*

corcach mhangróbh: *mangrove swamp*

corr bhán: *white stork*

corr réisc: *heron*

corrach: *marsh*

corrán: *sickle*

corrmhíol: *midge*

corrthónach: *restless*

cothrom na Féinne: *fair play*

cothromaíocht: *balance*

cráiteachán: *wretch*

crann tógála: *crane*

creach: *féach* ainmhithe creiche

críonna: *wise*

crios slándála: *safety belt*

crogall: *crocodile*

creagach: *rocky*

cromán: *hip*

crónán: *humming*

cuas: *hollow*

cuibhrithe: *locked up*

cumhra: *fragran*

cumhracht fanaile: *fragrance of vanilla*

cuntanós: *face*

cúpláil: *mating*

cúthail: *shy*

daingean: *firm; fortress*

dáir/ faoi dháir: *in heat*

daonlathas: *democracy*

dathúil: *pretty*

deachtóireacht: *dictatorship*

déad: *tooth/teeth*

deannach: *dust*

déantús: *manufacture*

dearg-: *intense*

deargthóir: *hot pursuit*

dearna: *palm (of hand)*

dearóil: *derelict*

dearthóir: *designer*

deasghnáth: *rite*

dea-thoil: *good will*

deisceabal diongbháilte:
     worthy disciple

deonach: *voluntary*

diabhlaíocht: *devilment*

diansmacht: *strict control*

dídean: *shelter*

dil: *dear*

díograis: *fervour*

díoltas: *revenge*

díomhaoin: *idle*

diongbháilte: *steadfast*

díoscán: *squeak*

diúilicín: *mussel*

diúracán: *missile*

dlúthdhufair: *dense jungle*

dlúthpháirtíocht: *solidarity*

dochuimsithe: *boundless*

dosheachanta: *unavoidable*

dordán: *drone*

draid: *mouth showing teeth*

dreach: *appearance*

dreas: *bout*

dris: *bramble*

drithliú: *twinkling*

drochíde: *abuse*

drochthosca: *bad conditions*

drogall: *reluctance*

droimeann: *white-backed*

dromchla: *surface*

dronuilleog: *rectangle*

duáilce: *vice*

duaithníocht: *camouflage*

dual: *lock of hair*

(is) dual: *natural*

dufair: *jungle*

bearrtha go dlúth: *closely
     shaven*

dúnárasach: *tight-lipped*

dúramán: *twit*

dúshlánach: *challenging*

dúthrachtach: *zealous*

eabhair: *of ivory*

eachtraíocht: *adventure*

eachtrannach: *foreign*

Eagraíocht Neamh-Rialtais:
     NGO

éanlaith: *birds*

eascaine: *curse*

eascair: *sprout*

éiceolaíocht: *ecology*

éigeandáil: *emergency*

eireaball: *tail; corner of eye*

eisceacht: *exception*

éitheach: *a lie*

eitic: *ethics*

eitleán iompair:
     carrier plane

eitleoir: *aviator*

Empordà: *area in Catalonia,
     north of Barcelona*

Eoráiseach: *Eurasian*

fadfhulangach:
     long-suffering

faic na ngrást:
     nothing at all

fainic: *caution*

fallaing sheomra:
    dressing-gown

faltanas: *grudge; treachery*

fánaí: *nomad*

fanaiceach: *fanatic*

fanaile: *vanilla*

faoileáil: *wandering*

faoileoireacht: *gliding*

faoiseamh: *relief*

faraor: *alas*

fásra borb: *luxurious
    vegetation*

fealsamh: *philosopher*

feannta: *peeled (eyes)*

fear: *wage (war)*

fearann dúchais:
    native domain

féiniúlacht: *identity*

feoilséantóir: *vegetarian*

fiabhras breac: *typhoid fever*

fiadhúlra: *wildlife*

fionnadh: *fur*

fionnachtain: *discovery*

fiuch: *boil*

fiúntach: *worthy*

flíp: *heavy blow*

flúirse: *plenty*

foláireamh: *warning*

foinse: *source*

fóirithint: *rescue*

foisceacht: *proximity*

foighid: *patience*

foighneach: *patient(ly)*

folt: *hair*

(ar) foluain: *floating*

forbairt: *development*

forlámhas: *dominance*

*i bh*fostú: *entangled*

fothair: *wooded hollow*

frídín: *germ*

frustrachas: *frustration*

fuadaitheoir: *abductor*

fuip: *whip*

fuirseoir: *comedian*

fulaing: *suffer*

gáifeach: *showy*

galtán: *steamer*

gasail: *gazelle*

gátar: *need*

geábh: *trip*

géag: *limb*

geáitsíocht: *play-acting*

gealtachas: *lunacy*

geamaireacht: *pantomime*

géarchéim: *crisis*

gearrchaile: *girl*

giall: *jaw; hostage*

Gilín Sneachta:
    Snow White

girseach: *girl*

glagarnach: *cackling*

glas fraincín: *padlock*

gliúcaíocht: *peering*

gné: *aspect*

gnéchlár: *documentary*

gnúis: *face*

gnúsacht: *grunt*

gobán: *muzzle*

gogaide: *hunkers*

gothaí: *antics*

gránáid: *grenade*

gruagach: *hairy*

haiste: *hatch*

(ar) hob: *about to*
iargúlta: *remote*
iarsma: *remains*
iarsmalann: *museum*
Ibéarach: *Iberian*
idéalachas morálta: *moral idealism*
idirdhealaigh: *differentiate*
idireitneach: *inter-ethnic*
idirghabháil: *mediation*
imigéin: *remote*
imshaol: *environment*
ingne: *nails*
in inmhe: *mature*
iniúchadh: *examine*
inneall tochailte agus druileála: *digging and drilling machine*
inólta: *drinkable*
instinn: *instinct*
íobartach: *victim*
lách: *gentle*
láib: *mud*
laincis: *fetter*
láíocht: *gentleness*
lámhacán: *crawling*
lámhach: *shoot; shooting*
lapa: *paw/foot*
lasairéan: *flamingo*
lasc: *whip*
lastas: *cargo*
leanbaíocht: *childishness*
leannán: *lover*
leasc: *loathe*
leathbhádóir: *colleague*
leathcheann: *half-wit*
leictreoid: *electrode*

leithleachas: *selfishness*
leochaileach: *delicate*
lián: *propeller*
linn: *pool*
liobarna: *drooping*
lobh: *rot*
lobhadh: *decay*
loic: *flinch*
loit: *injure*
luaithreadán: *ash-tray*
lúbaire: *twister*
lus na smaileog: *wild celery*
macalla: *echo*
macasamhail: *the likes*
machaire: *plain*
máguaird: *surrounding*
maidhm shléibhe: *avalanche*
maidneachan: *dawn*
maígh: *declare; boast*
maille le: *along with*
maiséad: *machete*
mala: *incline*
maláire: *malaria*
mangaire: *dealer*
mangróbh: *mangrove*
Maoirseoir: *Ranger*
maolchluasach: *sheepish*
marabú: *marabou*
meabhraigh: *remind*
meandar: *instant*
meangadh: *smile*
mearbhall: *confusion*
meath: *debility*
meitheal: *working party*
mianach: *quality*
mílítheach: *pale*

míntíreachas: *reclamation*
miodóg: *dagger*
míoleolaí: *zoologist*
mionlach: *minority*
mionscagadh:
   close examination
mioscaiseach: *mischievous*
miotas: *myth*
miotaseolaíocht: *mythology*
mire: *mad*
moirtéar: *mortar*
mongús: *mongoose*
muirnigh: *fondle*
múisc: *nausea*
muiscít: *mosquito*
mullach: *summit*
mustrach: *coarse*
Naoi: *Noah*
neach: *creature*
neamhbhriathartha:
   non-verbal
neamhthrócaireach:
   merciless
ochtapas: *octopus*
oidhreacht:
   heritage/inheritance
ollmhaitheas: *wealth*
ornáid: *ornament*
pantar: *panther*
Parthas: *Paradise*
péarla an bhrollaigh bháin:
   snowy-breasted pearl
pigmí: *pygmy*
piléar: *bullet*
piostal: *pistol*
pitseámaí: *pyjamas*
plá: *plague*

pléascán: *explosion*
plimp: *loud bang*
plúchtach: *suffocating*
póilín: *police*
póitseálaí: *poacher*
polagamas: *polygamy*
praiseach: *mess*
preit!: *rubbish!*
prócar: *crop (of bird)*
púicín: *mask*
puball: *tent*
rabhadh: *warning*
raca bagáiste: *baggage rack*
raithneach: *fern*
rámhaille: *raving*
réaltacht shamhalta: *virtual reality*
réimeas: *rule*
Rí na nDúl: *Lord of Creation*
riach: *devil*
ríméadach: *joyous*
róbhoigéiseach: *too gullible*
ródhúil: *excessive craving*
rois urchar: *volley of shots*
ropaire: *bandit*
ropánta: *violent*
róscrupallach:
   overscrupulous
ruaig: *chase away*
ruathar: *dash*
rúndacht: *secrecy*
rúndiamhair: *mysterious*
sabhána: *savannah*
saighead: *arrow*
Sáir, an t: *Zaire*
saineolaí: *expert*
saint: *greed*

saotharlann: *laboratory*

saothraigh: *earn*

scafánta: *vigorous*

scáfar: *dreadful*

scáinte: *thin*

scaithimhín: *little while*

scaití: *sometimes*

scamhadh: *baring*

sceach dheilgneach: *prickly thornbush*

scealp: *splinter*

sceimhle: *terror*

scéiniúil: *frightening*

sceith: *betray; divulge*

scinn: *spring/dart*

sciuird: *dash*

sciúrsáil: *flog; punishment*

scrobarnach: *brushwood*

scrupall: *scruple*

scuad lámhaigh: *firing-squad*

seadán: *parasite*

seachránach: *straying*

sealaíocht: *alternation*

sealgaire: *hunter*

seamlas: *slaughter house*

seanchrupach: *old crock*

seangán: *ant*

searradh: *stretch*

SEIF: *AIDS*

Seineagáil, an t-: *Senegal*

seithe: *hide*

seitse: *tsetse-fly*

simpeansaí: *chimpanzee*

siombóis: *symbiosis*

sléacht: *destruction*

smachtín: *cudgel*

smálaithe: *tarnished*

smionagar: *smithereens*

smuigléir: *smuggler*

smut: *grumpy face*

snua: *complexion*

sonc: *thrust*

sollúnta: *solemn*

spadánta: *sluggish*

spallaíocht: *flirting*

spalp: *pour; swear*

spíonta: *exhausted*

spleodrach: *vivacious*

spréachta: *infuriated*

sraithadhmad: *plywood*

srian: *control*

srónbheannach: *rhinoceros*

staicín áiféise: *object of ridicule*

starragánach: *projecting*

starrfhiacail: *tusk*

steall: *splash*

stiúrthóir: *director*

stócach: *a youth*

stoth fionnaidh: *tuft of fur*

straitéis: *strategy*

straois: *grin*

streachailt: *struggle*

stroighin: *cement*

stuaic: *peak*

suáilce: *virtue*

suaitheadh: *shaking*

suarach: *miserable*

suirí: *courting*

súmhar: *succulent*

suntasach: *noticeable*

tacaigh: *support*

tacht: *choke*

tagair: *refer to*
tairiscint: *offer*
tairseach: *threshold*
tais: *damp*
tallann: *talent*
támáilte: *sluggish*
tarrtháil: *rescue*
tathant: *urge*
(le) teann: *with sheer*
tearmann: *refuge*
teifeach: *refugee*
teilgeoirí gránáide: *grenade launchers*
teochreasach: *tropical*
teorainn: *border; limit*
tibhe: *thicker (*tiubh*)*
tiompán: *ear-drum*
tionchar: *influence*
tionscadal: *a project*
tíoránta: *tyrannical*
titeamas: *epilepsy*
tochas: *itch*
todhchaí: *future*
toirt: *bulk*
(ar an) toirt: *immediately*
toirtiúil: *bulky*
tomhaltas: *consumption (of goods)*
torc na bhfaithní: *wart-hog*
tormán: *rumbling noise*
torthúil: *fertile*
tosca: *conditions*
traidhfil rúbal: *a few roubles/rubles*
trealamh: *equipment*
treallchogaí: *guerrilla*
treibh: *tribe*

tréidlia: *vet*
tréidliacht: *veterinary science*
tritheamh: *fit*
tromchúiseach: *serious*
truaillligh: *pollute*
truamhéalach: *pitiable*
tuairteáil: *crash*
tubaiste: *disaster*
tum: *dive; immerse*
túr rialúcháin: *control tower*
turraing: *shock*
tútach: *crude*
uaillmhian ainrianta: *unbridled ambition*
uallfairt: *howl*
umar: *tank*
umhal: *humble*
ungadh: *ointment*
urgharda: *vanguard*
útamálaí: *bungler*
vaigín: *wagon*
víreas: *virus*